▲ 거문도 해양천정궁, 전남 여수시 삼산면 덕촌리 324 거문도섬 호텔

▲ 송파가정교회 식구들, 거문도섬 호텔을 배경으로

▲ 2017년 4월 2일, 거문도섬 호텔을 배경으로
　왼쪽부터 거문도섬 호텔 이준식 관장, 세계일보 평화연구소 박정진 소장,
　조형국 박사

▲ 2017년 4월 2일, 거문도가정교회에서 성일예배 후
　왼쪽부터 세계일보 평화연구소 조형국 박사, 박정진 소장,
　송파가정교회 유준수 목사, 거문도가정교회 공수환 전도소장

▲ 2017년 4월 1일 밤, 참부모님의 거문도섭리를 생각하는 박정진 시인

▲ 2017년 4월 1일 오후, 참부모님께서 앉으셨던 목넘어 바위에서
송파가정교회 식구들 외치다. 참부모님! 사랑합니다!

▲ 2017년 4월 2일, 거문도 가정교회에서 성일예배 후

▲ 2017년 4월 2일 아침, 거문도섬 호텔에서 일출 담다

▲ 제주도 유채밭

▲ 제주도의 유명한 새오름

▲ 제주도의 오름들

거문도

박정진 시집

신세림출판사

거문도

김영휘 천일국최고위원회 천의원 원장

2017년 따뜻한 봄날, 우리는 참으로 귀한 시집 한 권을 만나게 되었습니다. 세계일보 평화연구소장을 맡고 있는 박정진 시인께서 지난 4월 1-2일에 걸쳐 거문도를 다녀온 후, 『거문도』시집을 완성하였습니다. 이 시집은 박 시인께서도 말씀하셨듯이, 문선명·한학자 총재님의 해양섭리의 발자취에 따른 거문도 성지순례의 결과입니다.

일찍이 총재님 양위분께서는 여성시대, 해양시대, 평화시대를 말씀하셨습니다. 인류의 미래를 생각하시며 바다에 많이 나가셨던 것입니다. 망망한 바다 위에서 낚시와 정성, 정성과 낚시를 반복하시며 '하나님 아래 인류 한 가족'의 뜻을 이 땅에 정착시키기 위해 불철주야 투입하시는 삶을 보여주셨습니다. 그러한 삶의 모습을 따르고 본받을 뿐만 아니라 널리널리 알리기 위해 『거문도』 시집을 구상한 것은 참으로 반갑고 귀한 일이 아닐 수 없습니다.

『거문도』 시집은 총 3부로 구성되어 있습니다. 1부 거문도, 2부 제주도, 3부 새하곡(塞下曲). 총재님 양위분께서는 섬을 중심한 해양섭리를 강조하셨는데, 거문도와 제주 시편을 모아놓고 보니 섬의 구체적 장소와 사물들에 녹아 있던 총재님 양위분의 해양섭리가 다시 살아나는 듯한 느낌을 받게 됩니다. 그리고 3부 새하곡 그러니까 경계에 서서 노래하는 시를 통해서는 우리 시대에 대한 시인의 쓴소리 혹은 예언자적 상상력을 접할 수 있었습니다. 역사를 생각하고 시대를 내다보는 시인의 본성에서 우러나온 말들이라 생각합니다.

『거문도』 시집은 단순히 거문도 풍경을 노래하는 시 모음이 아닙니다. 새로운 블루오션인 바다를 중심한 인류의 갈 길, 평화세계를 향한 성인(聖人)의 삶의 여정과 가르침을 되새겨보는 마음의 소리입니다. 그 마음의 소리, 심정의 울림이 전 세계로 퍼져 나갈 것을 믿어 의심치 않습니다. 한반도 평화와 안정이 긴급한 시대적 문제로 부상하고 있는 오늘날, 우리는 평화메시지를 애타게 찾고 있습니다. 그렇기 때문에 우리는 더더욱 평화메시지를 완성하고, '아벨유엔 창설 보고대회'를 하시고 '원모평애재단(圓母平愛財團)'이라는 가르침을 주셨던 거문도를 찾게 되는 것입니다.

섭리적으로 중요한 오늘, 『거문도』시집은 우리의 지혜가 어디로 모아져야 하는가에 대한 이정표의 역할을 할 것이라 생각합니다. 귀한 생각과 숙고를 할 수 있는 계기를 마련해주신 시인의 노력에 격려의 말씀을 드립니다. 다시 한 번 『거문도』시집 발간을 축하드립니다.

엄원태 해양교구장

세계일보 평화연구소장을 맡고 계신 박정진 소장께서 이번에 『거문도』 시집을 내셨습니다. 박 소장님은 1990년 『해원상생, 해원상생』(지식산업사) 이라는 제목의 첫 시집을 필두로 『대모산』(2004, 신세림), 『독도』(재판 2016, 신세림) 등 10여 권의 시집을 내신 시인이십니다. 특히 대모산과 울릉도 독도박물관에는 박정진 시인의 시탑과 시비가 건립되어 있기도 합니다. 뿐만 아니라 한국문화와 역사에 대한 인문학적, 인류학적 비평서를 100여권 넘게 내신 우리 시대 문명비평가이시기도 합니다. 이러한 박 소장님께서 2017년 4월 1-2일 거문도를 직접 답사하셨습니다. 거문도의 사람, 거문도의 흙, 거문도의 바람을 몸소 느껴보시고 미래 여성시대, 해양시대, 후천개벽시대의 소리를 낱말로 잡아 시집을 내시게 된 것입니다.

지금과 같이 한반도 통일과 동북아 평화문제가 절실하고 환태평양시대 주역의 역할을 해야 할 한국인의 사명을 생각해 볼 때, 일찍이 이러한 시대가 한민족에게 닥쳐올 것을 예감하신 문선명·한학자 총재님은 여수, 순천 일대를 비롯하여 거문도를 많이 찾으셨습니다. 특히 미래 인류의 식량 자원을 위한 해양권 개발과 취미산업을 중심한 평화이상세계 실현을 위하여 바다에서 들이신 정성과 숙고는 가히 인류종교사적으로도 중요한 일이라 하겠습니다.

　문선명 총재님께서는 거문도를 '거문도(巨文道) 섬'이라고 표현하시어 섬 '島' 자를 길 '道' 자로 표현하시면서 이 섬이 단순한 섬이 아니라 '도(道)의 섬'임을 천명하셨습니다. 이 지구성도 태양계도 우주에 떠 있는 섬과 마찬가지라고 하셨습니다. "큰 문씨(巨文)의 '섬 도(島)'자가 아니라 '길 도(道)'자입니다. 바다에도 길이 있다는 것입니다. 거문도에 왕궁을 만들 것입니다. 세계 사람들이 배를 타고 와서 쉴 수 있고 정성들일 수 있는 기도 장소입니다. 성소와 마찬가지이고 지성소와 마찬가지입니다. 그런 곳을 만들어 주겠다는 것입니다. 여러분과 세계 형제들이 와서 쉬고 기도하게 하기 위해서입니다. 거기에 들어갔다가 나오면 용서를 받을 수 있습니다. 피난처, 도피성입니다."(〈참부모경〉 1139쪽)라고 거문도 섭리의 깊은 의미를 설명하셨습니다.

또한 2005년 9월 12일 천주평화연합 창설대회 때부터 2006년 11월 15일까지 강연하신 연설문을 모아서 '평화메시지'라고 이름 지으시고 그 메시지를 완성, 완결한 곳이 거문도이기에 이곳이 성지가 된다고 말씀해 주셨습니다. 그리고 2007년 9월 23일 미국 뉴욕에서 전 세계 192개 유엔회원국 모두가 참여하는 민간 차원의 새로운 국제기구인 '아벨 유엔' 창설 대회를 전직 국가수반 등 약 1,200여명이 모인 가운데 성대하게 거행하신 이후 2007년 11월 23일 거문도에서 백도로 가는 여객선상에서 '아벨유엔 창설 보고대회'를 하시며, 보고하는 곳이 출발지가 되기 때문에 거문도로부터 아벨 UN의 조국이 시작하는 것이라고 하셨습니다. 마지막으로 거문도 음달산 자락에 2011년 해양천정궁 봉헌식을 하며 '원모평애재단'이라는 휘호를 내려주셨습니다. 그리고 "내 생애의 총체적 결산이다. 영구적 평화재단으로 보존시키며 육성시켜 나가야 한다."고 그 의미를 설명하셨습니다.

문선명 · 한학자 총재님께서는 앞으로 21세기 인류의 방향을 여성시대, 해양시대, 평화시대로 전망하십니다. 또 그러한 시대로 인도하기 위해 엄청난 노력과 사업을 전개해

오셨습니다. 특히 여성해방과 환태평양권을 중심한 아시아 태평양 시대와 해양섭리의 중요성을 강조하시며 여수와 거문도를 많이 찾으신 것입니다. 문선명 총재님께서는 2004년 6월 2일부터 2012년 9월 3일 성화하시기 전까지 거문도를 100여 차례나 방문하시면서 많은 정성과 기도를 하셨으며, 우리 모두가 거문도에 가서 정성을 들여야 된다고 하셨습니다. 오늘날 우리는 어떤 정성을 드려야 하겠습니까. 한반도 평화와 통일! 동북아와 세계평화를 위해 총재님 양위 분께서 기도와 정성을 드리신 이곳, 거문도의 풍경과 정취를 묶어 한 권의 시집이 탄생한 것입니다. 미래를 보시고 기도해 오신 그 모든 정성이 이 시집을 통해 널리널리 알려지기를 기원합니다. 『거문도』 시집 출간을 다시 한 번 진심으로 축하드립니다.

독도라는 시집을 낸 후 10년이 지났다. 그동안 『철학의 선물, 선물의 철학』을 비롯하여 일곱 권의 철학 서적을 쓰느라 내가 시인이라는 사실도 잊어버리고 산 것 같다. 틈틈이 써온 1백여 편의 시가 있었는데 이번에 거문도를 방문하는 것이 계기가 되어 『거문도』 시집으로 묶어내게 됐다. 아무래도 내 인생은 섬과 관련이 많은 가보다. 세계평화통일가정연합 문선명·한학자 총재님 내외분의 해양섭리의 총체적 결산이라고 할 수 있는 거문도의 해양천정궁 방문은 참으로 감명 깊었다.

그렇잖아도 나는 문선명·한학자 총재님의 생의 노정을 그린 생애서사시 『나의 삶, 나의 믿음(I live, I believe)』 집필을 마무리하고 있는 가운데 이루어진 방문이어서 내가 다 헤

아릴 수 없는 하늘의 뜻이 담긴 순례였다고 생각된다. 거문도 방문은 생애서사시 완성의 심기일전을 위한 참으로 귀중한 여정이었으며, 에너지충전의 기회가 되었다.

천우신조인지 거문도방문을 계획하고 있던 중, 세계일보 평화연구소에서 함께 일을 하고 있는 조형국 박사가 다니고 있는 가정연합 송파가정교회가 '성전건축을 위한 거문도 해양천정궁 성지순례 정성' 행사를 가진다고 했다. 그래서 함께 거문도로 가게 되어 기쁨이 배가되었다. 송파가정교회 유준수 목사와 거문도가정교회 공수환 전도소장 그리고 해양천정궁 이준식 관장을 만난 것은 거문도의 섭리사적 의미와 상징성을 더욱 깊고 풍부하게 새기는 데에 큰 도움이 되었다. 동행한 송파가정교회 식구 여러분들의 친절과 다정함에 고마움을 표한다. 아울러 송파가정교회 식구 이시기도 한 김영휘 천의원 원장님과 엄원태 해양교구장님께서 축사문을 보내주셨다. 그리고 정대화 사모님께서는 이번 거문도 방문과 관련해 애정 어린 격려의 말씀을 주셨고 김선의 사모님은 거문도 풍경을 그려 주셨다. 심심한 감사의 말씀을 올린다.

이 시집에는 거문도 이외에도 내가 사랑하는 마고(麻姑)

신화의 고장인 제주도의 풍물과 심정을 노래한 시편들이 다수 포함되어 있다. 제주도는 문선명 총재님이 해양섭리를 상당기간 실천한 섬으로 마고할미를 비롯하여 여신들의 신화와 전설이 산재한, 세계적으로도 보기 드물게 체계적으로 모계신화가 살아있는 고장이다. 아마도 제주도 시편들을 통해 미래의 여성성이 어떤 것인가를 상상하는 데에 도움이 될 것으로 생각한다. 끝으로 내가 지금 살고 있는 경기도 파주일대 북한과 경계를 이루고 있는 새하(塞下)의 풍물과 요즘 시인의 심정을 형상화한 시편들도 다수 포함되었다.

2017년 4월 19일

心中 박정진

차례

▶ 축사1 / **김영휘** 천일국최고위원회 천의원 원장 · 13
▶ 축사2 / **엄원태** 해양교구장 · 17
▶ 서문 · 21
▶ 心中 朴正鎮선생 주요 저서·시집 목록 · 237

1 거문도 (24편)

거문도(巨文道) 섬 · 31
거문도 1 · 34
거문도 2 · 36
거문도 일출 · 38
여성, 바다, 평화 · 39
땅은 바다에 고마워해야 해 · 42
그저 바다에 앉아있으면 좋았어라 · 43
여수, 그리고 거문도 · 44
나로도항에서 거문도로 · 48
수월산(水越山) 오솔길 · 50
관백정(觀白亭)에서 · 52
거문도 뱃노래 · 54
거문도(巨文道) 새 역사 · 55
원모평애(圓母平愛), 네 글자 · 56
백도만물상 · 59
천지현황(天地玄黃) 거문도 · 60
내가 시를 쓰는 까닭은 · 61
지귀도(地歸島) · 62
세계의 생성원리는 · 64
지금 만나는 모든 것은! · 66
깨달음보다는 생명이 · 67
독도를 평화의 섬으로 · 68
신보다 위대한 감사 · 70
지금 평화로우면 · 71

2 제주도 (37편)

곳자왈 · 75

검은 오름 · 80

다희연(茶喜然) · 87

구룡여의주(九龍如意珠) · 88

검은 오름의 득도(得道) · 89

제주삼다(濟州三多) · 90

오름 천지 · 92

검은 오름은 흰 빛을 세우고 · 94

풍혈(風穴) · 96

신문(神門) · 97

대한 페니스, 검은 오름 여신 만나다 · 98

수직 동굴 · 99

화산탄(火山彈) · 100

주상절리(柱狀節理) · 101

산방산(山房山) 용머리 · 102

제주 남원 큰엉 산책로 · 103

산굼부리 · 104

제주도(濟州道) · 106

성산(城山) 일출봉(日出峰) · 108

제주 올레길 · 110

제주 가을 · 114

제주 삼현(三絃) · 115

해녀들의 눈 · 117

별유천지비인간(別有天地非人間) · 119

새(鳥)오름 · 121

황금새 · 122

몸(呂)국 · 123

정낭 · 125

돌담천지 · 127

무천(無天), 무천(舞天) · 129

동거문오름 · 131

거문오름의 나무여 · 132

일출봉 원방각 · 133

휴애리 송이길 · 134

제주에 오면 통 큰 여자가 · 135

영주십경 이제(二題) · 136

제주(濟州) 해탈 · 138

차례

3 새하곡(塞下曲, 55편)

파주(坡州) 새하곡(塞下曲) · 141

통일동산 살래길에 서서 · 143

조선이 불쌍하여! · 145

무엇이 그리도 잘났는가! · 147

누구나 제 잘못은 모르지 · 149

부활의 날에, 통일의 날에 · 150

문득 차안(此岸)이 피안(彼岸)이네 · 153

너의 속 그 어디에 · 155

선무당 · 158

사라지는 것들에 대하여 · 160

슬픔이여! · 161

눈빛의 새가 지상을 차오르다 · 162

대한민국이여, 안녕! · 163

어둠의 촛불 같은 세월 · 166

생명은 잡을 수 없는 것 · 168

반골(叛骨) · 169

그대 어떤 모습이라도 좋아 · 170

난 오랫동안 눈물을 잊어버렸지 · 172

난, 어둠이어라 · 174

매 순간 이별하는 것들 · 175

눈물의 바다이어라 · 177

먼 후일을 미리 슬퍼하여 · 178

어머니, 어머니 덕분에 · 180

난 외롭지 않네 · 181

그녀는 발뒤꿈치로 걸었다. · 183

난장 가수 · 184

있다는 것에 대한 명상 · 185

숨바꼭질 · 186

날마다 시작이고 · 188

달빛에 젖어 · 189

피로써 숫돌을 간다 · 191

황홀한 비어 있음을 위하여 · 194

빛과 그림자의 사이에서 · 195

어머니, 어둠은 항상 빛을 · 196

시를 쓸 때 가장 행복합니다 · 198

네가 좌파면 · 199

인간의 머리는 어디까지 가는 가? · 200

메시아는 힘이 없기 때문에 · 201

넌 오래 전에 미쳤다 · 202

귀신놀음 · 204

부부(夫婦) · 205

황금산 · 206

무명인(無名人) 용사 · 209

해병을 아는가 · 212

혼(魂)이 재가 되다 · 214

가장 흔한 이름으로 노래 부를 때 · 216

산문은 독재다 · 218

시에 취해 · 221

이상한 직업 · 223

세상은 온통 글자투성이 · 225

첫눈 · 226

후회 · 228

산수유 서정 · 229

독도 · 230

대모산 · 233

1

거문도

거문도(巨文道) 섬

1.

가물가물 거문도
거물거물 거문도
바다 속 태초의 울음
지금도 물결치네.
거문도, 하늘 길(道)
거문도, 하늘 섬(島)
바다하늘에 떠 있네.
하늘바다에 떠 있네.

하늘땅이 가장 가까이 맞닿은
이 큰 문(巨門)을 통해
역사하였나니! 그 누구였던가!
큰 문장(巨文)을 메고
낚싯대를 드리운 해선(海仙)이여!
지상과 바다에 약속하였나니.
후천평화, 여성시대를
그 이름도 선명(鮮明)하게.

하늘을 향해 산으로, 산으로 달려간
대륙의 끝 바다절벽에서 낙하한

수평의 무상정등각(無上正等覺)을 이룬 곳
바다를 향한 염원이
평화를 향한 기도가
하나의 심정으로 열반 한 곳
후천개벽의 종착성지
평화의 섬, 거문도

2.

가물가물 거문도
거물거물 거문도
은은하다! 거문고 선율이여!
섬(島)이런가, 도(道)이런가.
섬처럼 서 있는 도(道)이런가
도처럼 누워있는 섬(島)이런가.
봉황이 알을 품은 형국
생명을 잉태하는 후천의 자궁

이 섬을 뿌리삼아 나아가리니
이 섬을 기지삼아 나아가리니
후천의 뿌리 섬일세.
후천의 안식 섬일세.
오늘도 출렁출렁, 너울너울
내일도 출렁출렁, 너울너울
이 소리를 듣는 자 누구인가

이 말씀을 듣는 이 누구인가.

옛 신선이 되살아나
의미를 알려주니 '거문도 섬'이라네.
여수와 제주 사이에서
삼산(三山), 삼신(三神)을 모시고
이승인 듯, 저승인 듯 출몰하니
후천선경이 여기로구나.
임종의 마지막 기도처, 해양시대의 부두
아서라, 이곳에 혼백(魂魄)을 묻어
거문도나 될까보다.

거문도[1] 1

도(道) 중의 도는 무엇이더냐?
현도(玄道)가 아니더냐.
거물거물, 거뭇거뭇
여자의 도가 아니더냐.
잉태가 있고, 수난이 있고
죽음이 있고, 부활이 있었나니
누가 그 역사를 알리.

정성을 들이면
갈 길에 동이 터오고
세계와 춤추는 일들이 벌어지네.
세상 사람들이 바다에 가거나
높은 산에 오르는
그 이상으로 하면
하느님도 협조하네.

봄 바다는 사방에서 출렁이며
넉넉한 품을 자랑하네.
여자와 바다가 하나가 되니
평화가 만연하도다.
그 파도의 길에
도(道)를 맡기니

도를 훔쳐갈 도적(盜賊)이 없네.

선천(先天) 현도(玄道)는 가물가물
후천(後天) 현도(玄道)는 거물거물

1) 거문도는 본래 삼도, 삼산도, 거마도로 불리어졌다. 이밖에 일본과 영국의 왕래와 점령 등으로 왜도. 합비돈(해밀턴항) 등으로 불리어지기도 했다. 왜도라 불린 것은 왜구들이 자주 침입해 왔기 때문이다. 영국이 거문도를 점령한 뒤 해밀턴 항, 합비돈이라 불리기도 했다. 갑신정변(1884년) 실패 후, 고종은 청의 간섭을 피하기 위해 미국과 우호관계를 맺으려 했지만, 미국이 소극적이었다. 따라서 러시아와 가까워졌는데 러시아는 조선과 통상조약을 맺으며 배베르 공사를 파견했고, 영국은 러시아의 남하정책을 견제하기 위해 거문도를 점령하게 된다. '거문도사건'은 영국의 동양함대가 1885년 4월~1887년 2월까지 거문도를 무력으로 점령한 후 영국 국기를 게양한 사건이다. 러일전쟁(1904~1905)의 승리로 기세가 오른 일본은 열강들의 각축 속에서 '태프트-카스라 밀약'(1905년 7월 29일)을 맺게 된다. 밀약의 내용은 미국과 일본이 각각 필리핀과 대한제국에 대한 서로의 지배를 인정한 협약이다. 일본의 대한제국에 대한 지배적 지위를 인정한 밀약(각서)이다. 이로써 일본이 제국주의 열강들의 승인 아래 한반도의 식민화를 노골적으로 추진하는 직접적인 계기가 되었다. 거문도사건에 대해 문선명 총재는 이렇게 말씀했다. "그것을 보면 영국이 책임을 다했습니다. 영국이 해와 국가인데 한국에 있어서 러시아를 방비할 수 있는 기지를 거문도에 만든 것입니다. 거기에 기지를 만들어 영국대사들이 와서 해와로서 세계의 섭리를 했다는 것입니다. 그런 역사적 기원을 가진 그 자료를 토대로 해양궁을 짓는 것입니다. 해양세계의 대표적인 궁이 되는 것입니다."

거문도 2

슬픔의 섬, 수난의 섬
기쁨의 섬이 되리니.
축복의 섬이 되리니.
평화를 사랑하는 진단(震檀)의 땅
그 땅의 막내 남해의 평화로운 섬에
난데없는 승냥이들의 깃발이 웬 말이냐.
남의 땅 도적질하는 약속도 약속이더냐.
아, 후천의 관문(關門)을 시기하였더냐.

남의 나라 깃발로 인해
조용한 아침의 나라는 두 동강났네.
평화의 나라 금수강산
금강산을 옮겨놓은
백도 해금강을 병풍삼은 거문도
식민지, 남북분단, 동족상잔의 6.25
모든 상처와 아픔은 물러가고
해원상생 하는 후천의 출발점.

슬픔의 부두에 서면 우리는 항상
옷깃을 여미지.
수난의 뱃머리에 서면 우리는 항상
순교자를 꿈꾸지.

슬픔(悲)은 기쁨(慈)을 준비하느라
긴긴 밤을 뒤척이지.
너로부터 시작된 슬픔을 기쁨으로 채우려고.
낯 설은 타향에서 고향을 그리워하지.

너로부터 오대양 육대주는 가슴을 열지.
너, 작은 섬은 바다를 끌어안는
봉황의 힘으로 인해 하늘로 승천하네.
지상천국, 불국토의 꿈은
끝내 조국의 지킴이로 용트림하네.
세계평화의 성지로 길이길이 빛나네.
슬픔이 참사랑이 되니
이제 무슨 여한이 있으리.

거문도 일출

거문도 하얀 바다
새벽 암노루 섬에
돌연 붉은 해 솟네, 벌거숭이로
음달산 바다 궁전
널름 붉은 해 품네, 젖가슴열고
황혼에는 갓난아이로 돌아가
아버님어머님 뵙고 싶다.
가서, 붉은 심정을 달래고 싶다.

그 섬에 가고 싶다.
그 섬에 가서 쉬고 싶다.
그 섬에 가서 안식하고 싶다.
파도소리 오래오래 들으며
비몽사몽간에 응얼대고 싶다.
이름 없는 사물, 그것이 되고 싶다.
알 수 없는 물건, 거시기 되고 싶다.
가서, 붉음 심정을 토하고 싶다.

여성, 바다, 평화

1.

평화는 어디서 오는 가.
물 건너, 건너 수월산(水越山)에서 오는가.
바다가 하늘이 되는 곳
하늘이 바다가 되는 곳
아니, 평화는 수월산(水月山)에서 오지.
거기 달과 물에서 오지
거기 만삭의 여인이 있나니.

하늘에 떠 있는 빛나는 푸른 섬, 지구
태양계, 은하계의
결코 정체를 드러내지 않는
천지현황(天地玄黃)의 거문도
거문 여인이여!
마음이 있는 곳에
뜻이 있는 곳에 평화의 여의주(如意珠)는 있나니.

오늘도 거문 여인 그대 앞에서
바다를 닮은 그대를 생각하네.
그대 양수(羊水), 오대양(五大洋)에서
선(善)이 나오고

미(美)가 나오네.
진선(眞善), 진미(眞美)가 나오네.
진정(眞情), 참사랑도 나오네.

2.

육지를 둘러싸고 바다가 있듯이
나를 둘러싸고 있는 그대를 바라보면
세계는 본래 여성, 바다인 것을
수평의 멀고 먼 그대 모습
수평의 넓고 넓은 그대 가슴
수평의 가 없는 그대 사랑 앞에
우린 절복하네.

그대 검은 머리타래를 만지면서
참사랑을 떠올리네.
가장 넓은 곳에서
가장 낮은 곳에서
가장 높은 곳으로
수직의 비상을 꿈꾸네.
새(鳥)들처럼 겨드랑이가 간질거리네.

하늘에서 낙하한 산들이
점점이 박혀 조는 모습
참으로 선경(仙境)이로구나!

햇살 아래 바다를 품어내는
남해 해양천정궁(海洋天正宮)은
동해 총석정(叢石亭)처럼 하얀 선녀로 우뚝 서
해양시대의 평화를 내다보고 있네.

땅은 바다에 고마워해야 해

왜 자꾸 거문도에 가느냐고?
낚시가 좋아서? 아니야.
고기 세계를 해방하기 위해서
바다 세계를 해방하기 위해서
육지까지 해방하기 위해서야!
땅이 바다에 신세를 졌어.
하늘에서 비가 내려
땅에서 모든 만물이 소생하는데,
그 비는 바다에서 시작된 거야.
바다의 정수가 구름이 되어서 떠돌아다니면서
이 땅을 살려준 거야.
땅은 바다에 고마워해야 돼.
바다와 육지가 하나 되어야 해

그저 바다에 앉아있으면 좋았어라

그저 바다에 앉아있으면 좋았어라.
한없이 열려진 파도 위
너의 길고 긴 검푸른 잔등에
낚싯대를 드리우고
너의 해변에서 꿈꾸고 있으면
바람은 영원의 향기를 실어 날랐지.

넌 억겁의 정기를 내품었나니
나를 보는 순간 침묵을 깨고
오래 소식 없던 주인을 맞이하는 아낙처럼
넋두리를 늘어놓았네, 속삭였네.
하얀 파도 품어내며
암벽에 점점이 새겨진 신음소리

그저 바다에 앉아있으면 좋았어라.
낯선 순례자의 배필
복된 거문 섬아, 너의 슬픔도 끝났다.
지금은 후천(後天)시대
슬픈 너를 지키던 백도(白島)는
백마(白馬)처럼 하늘로 치솟네.

여수, 그리고 거문도

1.

여수와 거문도, 후천 해양시대의 단짝
섬들은 보석처럼 여수(麗水)[2]일대를 수놓고
청해가든은 바다의 에덴동산을 떠올리네.
한려수도(閑麗水道)의 상징도시 여수는
제주도, 추자도, 거문도, 초도를 잇는 코스로
천혜의 낚시휴식처 환태평양의 평화를 선도하네.

하얀 대리석 살갗을 뽐내는
해양천정궁의 기도하는 몸짓
거문도! 해양섭리[3]40년의 총체적 결산
천승호(天勝號)[4] 진수되던 날
님은 바다를 점령했다고 선포했네.
님의 행차에 파도도 조아렸네.

여수와 제주 사이의 중도(中島)
중용(中庸)의 자태, 바다의 중도(中道)
흩어진 섬들의 군계일학(群鷄一鶴)
알래스카, 하와이, 라스베가스, 자르딘, 판타날
해양섭리의 중심 궁전, 거문도
큰 문(巨文)씨의 길(道)을 자랑하는 섬들

평화의 도피성(逃避城) 거문도[5]
어떤 죄라도 이 섬에선 용서가 된다네.

2.

성인도 백여 차례 왕래하며 정성들인 섬
거문도 공관 옆 하얀장 여관 203호실
'오늘은 참 좋은 날' 평화메시지 제 10장을 완결했네.[6]
각자 영계에 들어가기 전
숙명적 과제를 청산해야 할 곳[7]
아벨평화유엔창설기념 보고대회도 했네.[8]
후천의 중심성지가 됐네.
남해의 작은 섬, 거문도섬.

아무도 그 의미를 몰라
섬사람들을 모아 행사를 치렀네.
"왜, 거문도야!" "거문도섬 거기서 뭘 했냐."
"왜, 거기서 보고를 해야 하는 거야? 아무도 몰라!"
"보고를 하는 곳이 출발지가 되는 겁니다."
"그곳에서 아벨유엔의 조국이 시작되는 거야."
아벨유엔, 평화유엔, 천일국의 새싹
세계로 뻗어나가는 거문 중심

심정이 사통팔달 퍼져나가는
물결과 파동의 중심

해양천정궁, 거문 섬 하얀 궁전[9]
지구성 중앙의 해마 한 쌍
바다의 용, 참부모님
천운을 받을 수 있는 곳
후천 여성시대의 중심
천일국 가기 전의 명부전(冥府殿) 같은 곳

2) 2012년 여수엑스포(여수세계박람회, 2012년 5월 12일～8월 12일, 여수 신항 일대)는 여수의 해양도시의 가치를 세계적으로 드높인 국제해양박람회였다. 문선명 총재는 여수 일대를 아시아의 해양공원으로 만들고자 했다. "참부모님께서는 장래에 해양권과 육지권을 하나로 만들 수 있는 곳은 세계적으로도 부산에서 목포 사이의 해양권밖에 없다고 보시고 여수 순천을 중심으로 해양시대를 개척하고자 하셨다. 여수를 중심한 한국의 남해를 한국과 일본 중국 미국의 자본을 끌어들여 해양공원으로 개발하여 아시아의 명승지로 만들고자 하셨다. 이러한 목적을 위해 우선 여수의 화양단지에 청해가든 수련소를 세우시고 여수 소호동에 디오션리조트와 호텔을 세우셨다. 이 프로젝트를 통해 한국을 해양레저산업 선진국으로 성장시키고 나아가 여수를 중심으로 환태평양권을 결속시켜 한반도의 통일과 세계평화를 실현하고자 하셨다. 특히 참부모님께서는 청평에 제 1 천정궁을 세우고, 종교권을 규합할 수 있는 장소인 스위스에 제 2천정궁을 세우고자 하셨으며, 거문도에는 해양권을 대표할 수 있는 해양천정궁을 건설하셨다. 평화메시지를 완성한 2006년 11월 15일부터 거문도가 성지라고 선포하셨다."(세계평화통일가정연합, 『참부모경』, 성화사, 2015, 1137쪽)
3) 문선명 총재의 해양섭리는 교회 초기부터 관심사였다. "1959년 7월 20일부터 시작된 제 2회 전국전도사수련회에서 경기도 화성군 매송면 야목리 연못과 바닷가를 중심으로 식구들에게 물고기 잡는 방법을 교육하고 훈련시키셨다."(세계평화통일가정연합, 『참부모경』, 성화사, 2015, 1133쪽) 야목에서 시작된 해양섭리는 제주도와 여수를 거쳐 거문도로 이어졌다. 특히 문총재는 제주도를 섭리적으로 중요한 섬으로 여기고 조선소와 양식장, 귤농장 등을 만드는 등 많은 정성을 기울였다. "또한 제주도는 한국의 해양관문으로서 동해와 동중국해, 태평양까지 연결할 수 있는 위치에 있기 때문에 해양사업의 요충지로 개발할 필요가 있다고 보셨다. 서귀포 앞바다에 있는 지귀도(地歸島)도 섭리적으로 중요하게 여기고 이를 구입해 낚시사업을 계획하셨다."(『참부모경』, 1133쪽)
4) 1963년 6월 25일, "하늘이 승리해서 하나님의 뜻이 이루어졌다."는 의미로 처음 천승호(天勝號)를 만들어 인천에서 배를 띄웠다. 이 날은 1960년 4월 11일(음력 3월 16일), 문총재님 내외분의 성혼식 이후 3번째 맞이하는 해이면서 동시에 공산주의와 동족상잔의 6.25를 극복하는 의미가 있었던 것 같다. 1973년 알래스카 코디악에서도 배를 만들고 낚시를 했다. 2005년 해양섭리 40년 노정을 기념해서 새롭게 천승호를 만들었다.

나로도항에서 거문도로

나로도항에서 거문도로 가는 뱃길
누가 만파식적(萬波息笛)을 불렀는가.
바다는 햇살에 빛나고
물결은 고요한데 두근거리는 심장소리.
우주를 향해 인공위성을 쏘아 올린 곳
우리는 거문도로 쏘아 올려 졌네.

가장 먼 곳이 가장 가까운 곳
가장 가까운 곳이 가장 먼 곳
광대무변의 우주는
거문도 한 점에 모이네.
우주는 바다, 바다의 섬 섬 섬
거문도 섬으로 귀향하네.

남자는 폭발하는 빅뱅로켓
여자는 인류의 본향 블랙홀
우린 나로 호에서 쏘아져
거문도로 날아갔네.
꿈결처럼 날아갔네.
바다는 평화로세.

바다길, 하늘 길, 거문도 길
천지인이 하나 된 지구의 자궁점
거문도 음달산(陰達山) 기슭
해양 천정궁, 하얀 백악관에
지구성의 인재들이 모여드네.
인류평화의 날을 기약하리.

수월산(水越山) 오솔길

물을 넘고 넘어
관백정 가는 오솔길
구비마다 흩뿌려진 동백꽃
그 꽃잎 한 잎 한 잎
내 마음이런가, 님의 마음이런가.
님이여, 즈려 즈려 밟고 오소서.

동박새 동백꽃
꽃가루받이 해주듯
저희 영혼에 성령으로 담뿍 내리시어
풍성한 영혼이 되게 하소서.
님의 걸음마다, 일어서는 영혼들
님이여, 즈려 즈려 밟고 오소서.

바닷물이 넘치면 갈라지던
수월산 '목넘어'에 서면
눈앞에 선바위 위용을 자랑하네.
님이 죽을힘을 다해 기도하였다는
태평양에 불쑥 솟은
자연의 숨은 의지

생의 마지막 해에
님이 지팡이 짚고 넘으셨다는 길을
더듬어, 더듬어 오르니
동박새, 님의 소리
동백꽃, 님의 향기
님이여, 생의 마지막 날에 우리를 위로하소서.

관백정(觀白亭)에서

관백정에 오르니
갑자기 남해는 확 트인 태평양
하늘과 바다가 맞닿은 해중천지(海中天地)
하늘과 땅이 맞닿은 인중천지(人中天地)
내가 사는 푸른 지구를 느끼는 곳
푸른 수평선을 따라가면
지구는 어느 덧 둥근 에메랄드

관백정에 오르니
백도(白島)가 한 눈에 보이네.
백(百)개의 봉우리에 한 획을 빼니 백도라던가.
관백정은 님의 기도바위
하늘과 땅이 교배하는 기도소리
거문도는 암컷 섬
백도는 수컷 섬

천혜의 거문도는
태평양을 시시각각 삼키고 내품네.
가없는 망망대해를 품은 모성과
대장부 호연지기가 절대를 구가한 곳
가슴 속의 태평양인가
태평양 속의 가슴인가

파도소리를 듣는 관음보살(觀音菩薩)

백도(白島)의 만물상을 볼 수 있는 관백정
제주섭리 못다 한 한(恨)을[11] 품고 피신한 곳
관세음보살, 나무아미타불
관백정보살, 천지인참부모
먼 바다엔 한라산, 거문도엔 수월산,
사람 속에 천지가 있는가.
천지 중에 사람이 있는가.

바다의 궁전, 해양천정궁
정이 통하지 않는 곳이 없는
관계 맺지 않은 곳이 없는
하나 되지 않은 곳이 없는
모든 욕망이 무력해진 곳에
정의로운 태평, 억만 해방
평화의 상징으로 우뚝 서라.

11) 참부모님은 제주도를 순방(1983년 4월 15일) 후 제주도개발과 해양섭리를 시작했으
나 제주사람들의 비협조와 몰이해로 인해 시운(時運)이 맞지 않아 통곡하는 마음으로 해양
섭리의 모든 사업과 후천의 중심을 거문도로 옮김(2011년 11월 5일). 여수에서 거문도까지
114.7km, 거문도에서 제주도까지 108km로, 거문도는 여수와 제주의 중간지점이다.

거문도 뱃노래[12]

우리는 노래에 살고 노래에 죽었지.
풍어를 빌며 부르는 고사소리,
닻줄을 꼬며 부르는 술비소리.
노를 저으며 부르는 놋소리.
그물을 당기며 부르는 월래소리.
고기를 가래로 퍼 담으며 부르는 가래소리
만선을 노래하는 썰소리

우리는 노래에 살고 노래에 죽었지.
노래는 흥을 돋우고
힘을, 신명을 불어넣었지.
가래소리엔 항상 선창이 있었지.
"우리 배 동무 재수가 좋아서"
"달아달아 밝은 달아 멸치잡이 비친 달아"
"이 놈을 싣고 저 놈을 싣세."
'어랑선 가래야' 후렴이 붙었네.

12) '거문도 뱃노래'는 전라남도 무형문화재 1호이다.

거문도(巨文道) 새 역사

큰 문 씨의 길, 거문도(巨文道).
후천의 도피성(逃避城), 해양 천정궁
어떤 죄도 사함을 받는 성역(聖域)

본래 동도, 서도, 고도 세 섬으로 삼도로 불렸으나
조선조에 큰 선비들의 귀양처가 됨으로써
'큰 선비가 있는 섬' 거문도가 되었네.

푸차틴 제독의 러시아 함대가 기착함에[13]
영국은 러시아의 남하정책을 막는다는 구실로
불법 점령하여[14] 해밀턴 항구로 명명했네.

다시 문선명 선생의 해양천정궁이 들어섬으로써
'큰 문 씨의 길'로 명명되고,
섬 자는 따로 붙여져 '거문도 섬'이 되었네.

이 섬에 들어오는 남녀는 모두
여성성이 활발해지고, 부드러워지고
평화의 사도가 될 희망으로 부풀게 된다네.

13) 1854년 4월, 거문도에 러시아 함대가 첫 기항함. 러시아의 남진정책의 일환이었음.
14) 영국은 1885년 러시아의 남진정책을 막는다는 구실로 거문도를 불법 점령했으나 중국의 항의를 받고, 1887년 거문도에서 철수함. 해외 국가인 영국이 러시아의 점령을 막았기 때문에 해양세계의 대표적인 궁터가 됨. 거문도는 울릉도의 파수꾼이었다. 1882년 당시 울릉도에 살던 주민 141명중 61명이 거문도 사람이었다. 이중 33명은 이곳 초도 사람이었다. 이들은 해류를 타고 울릉도를 오가며 어로활동을 했다. 그 흔적이 서도의 뱃노래(술비소리)에 남아있다. "간다 간다 나는 간다 울릉도로 나는 간다/에이야라 술비야~"에 전한다. 55

원모평애(圓母平愛), 네 글자

1.

원모(圓母)는 근본
평화의 근본, 참사랑의 근본
참사랑 위에 설립되는 재단은
태평성대의 기둥
원모는 모나지 않는
사해동포(四海同胞) 본연의 자리
어머니 심정 속에서는 만물이 평화롭네.
모성애는 세계를 뒤덮는 것

평애(平愛)는 참사랑
높고 낮음 없이 수평으로
참사랑이 가득한 것.
바다의 수평을 닮은 지혜
아래로, 아래로 향하는 사랑
낮은 곳으로 소외된 사람을 돌보는
보살정신의 실천
무상정등(無上正等)의 깨달음

너희는 어디서 태어났는가.
아무리 높다, 높다 해도

너희가 태어난 곳은 가장 낮은
여자의 그곳, 거시기
달과 물이 만난 수월산(水月山)
그 계곡에서 잉태(孕胎)되었나니
이제 하찮게 여기던 그곳이
지천시대, 여성시대의 중심이네

2.

어머니의 평애(平愛)만한 실체를 보았는가.
하늘이 아무리 높다, 높다 해도
어머니 몸만큼 귀한 것은 없네.
여자의 그곳, 거시기
자연이 끊어지지 않는 곳
그 젖가슴에서 자랐나니
이제 하찮게 여기던 여신과 여성이
지상천국의 중심이 되네.

원모평애(圓母平愛), 후천세계의 네 글자
이 네 글자, 이기는 글자는 없으리.
둥글 원, 어미 모, 평평할 평, 사랑 애
천리(天理)가 지기(地氣)에 눌려 배알하도다.
원리(原理)가 심정(心情)에 안겨 옹알이하도다.
대리(代理)가 대신(代身)이 되고 교대(交代)하도다.
"내 생애의 총체적 결산, 참어머님께 최고의 선물."

태양(太陽)이 태음(太陰)에게 주는 최고의 선물

동그란 원은 지구성을 상징한다.
파란 쇠줄은 오대양 바다와 파도와 물결과
참부모님의 힘찬 기운이 선라이트처럼 퍼져 감을 상징한
다.
중앙의 해마 한 쌍은 바다의 용과 참부모님을 상징한다.
야목교회에서 시작한 해양섭리는 제주도, 여수를 거쳐
거문도에서 완결되네. 거문도 복귀가 정주(定州)복귀!
영계에 가기 전에 숙명적 과제를 청산해야 하는 곳
가정교회의 명부전(冥府殿), 지장보살(地藏菩薩)

천운을 받을 수 있는 곳
하늘과 땅이 맞닿아 있는 곳
정성과 기도를 드리면 다 이루어지리.
참아버님의 마지막 당부의 말씀
"참부모님의 평화사상, 더 나아가 인류공영을 위한 참부
모님의 업적을 영원히 기리며 그 가치를 영구보존하는 재
단이 되어야 한다."
"재단의 선학평화상은 노벨상을 능가하는 상으로 제정할
예정이다. 이 재단을 제대로 육성해야 일본이라는 나라가
없어지지 않는다."

백도만물상

백도는 만물상
금강산 만물상을 남해에 옮겨놓은
남해의 해금강, 소금강
섬 전체가 하얗게 보여 백도라고 하네.
옥황상제의 아들이
용왕의 딸과 눈이 맞아 이곳에 머물렀는데
백 명의 신하를 내려 보내도 돌아오지 않자
상제가 화가 나서
아들과 신하를 돌로 변하게 했다는 전설이 전하네.
상백도와 하백도, 39개의 무인도
왕관바위, 탕건여, 형제바위, 물개바위, 상선암, 시루떡바
위, 병풍바위, 노적섬(이상 상백도)
쌍돛대바위, 서방바위, 촛대바위, 궁전바위, 원숭이바위,
성모마리아바위, 거북바위, 각시바위(이상 하백도)
아! 조물옹이 만물을 새겨놓은
보는 대로 있는 곳, 남해 만물상.

천지현황(天地玄黃) 거문도

가물가물 거문도
천지현황(天地玄黃) 거문도
거물거물 거문도
후천세계를 열어갈 거문도

천지의 현황(玄黃)
거물 현, 누루 황
검은 구멍으로부터 인간이 생겼으니
천지인간, 인간천지일세.

거문도 뱃길 따라 청정해역 지나면
후천평화의 성지 거문도가 누워있네.
평화의 사도가 숨 쉬고 있는 섬
그냥 섬(島)이 아니라 성인의 도(道)라네.

내가 시를 쓰는 까닭은

내가 시를 쓰는 까닭은
거문도, 붉은 동백꽃 연민
그 위로 떠가는 하얀 구름을
남몰래 축복하기 위해
거문도, 풀꽃들의 향기와 침묵소리를
님의 속삭임들로 되살아남을 위해
망망한 바다로 둘러싸여
하얀 물기둥의 복음을 내 품는 너!
여기, 고향에 돌아온 듯 눈물짓는 한 시인

내가 시를 쓰는 까닭은
거문도, 격랑 속에 누운 태연자약함의
비밀과 약속을 푸른 암벽에
밤새도록 파도소리와 함께 새기기 위해
거문도, 너는 순례자를 위해서 무엇을 했던가.
먼 훗날 평화의 사도가 머물 안식을 위해
네 몸의 한 자락을 비워 누었던가.
하얀 네 궁전에서 기도를 올리면
지금, 생의 가장 큰 바람 앞에 서는 한 시인

지귀도(地歸島)

지귀도(地歸島)!
그 이름도 놀랍다.
지상에 복귀를 뜻하는 섬
지상천국을 예언하는 섬

대양환원, 육지환원, 천주환원
그리고 4대 심정권을 이 땅에서 종결짓네.
우주가 아무리 넓고 넓어도
땅에서 종결짓네.

우주의 하나의 환원점
제주도 남단의 지귀도!
그 옛날 누가 오늘 여기서
환원식 전체 봉헌기도[15]를 올릴 줄 알았던가.

땅에 천국이 이루어지지 않으면
어찌 하늘에 천국이 이루어 지리요.
제주 한라 여신들이여! 백록담이여!
지장보살들이여, 인고의 세월을 기다렸도다.

제주도, 제사를 지내는 주인들이 사는 곳
섬사람들은 육지를 그리워하네.

육지가 남자라면 제주도는 여자

제주도는 거문도, 여수로 연결되어야 하네.

15) 2000년 8월 3일 제주도 남제주군 지귀도(地歸島)에서 28명의 지도자가 참석한 가운데 참부모님께서는 해양환원식, 육지환원식, 천주환원식, 제4차 아담 심정권 환원식 등 전체를 하나님께 봉헌하는 기도를 올리셨다. "사랑하는 아버님, 오늘은 2000년 8월 3일 12시 25분을 기하여 여기 지귀도(地歸島)에 방문하였습니다. 한반도 삼천리를 아버지, 뒤에 두고 이제 제주도 남단의 이 지귀도에서 이 한라산과 백두산과 천성산, 히말라야 산맥과 구라파를 중심삼은 몽블랑산과 로키산맥을 중심삼고 육대주 오대양을 연결시켜 한스러운 역사적인 모 든 것을 청산 짓기 위하여 대양환원과 육지환원과 천주환원과 4대 심정권을 중심삼고 환원에 축복을 이 땅 위에 종결짓기 위한 역사를 거쳐왔습니다. 환원적인 선포함과 더불어 섭리사의 종착과 남북통일의 종착을 위한 모든 가정들의 정비를 중심삼고 환원적인 기준을 본연의 아담 해와 타락하지 않은 기준에 환원시키기 위한 순례의 노정으로서 여기를 방문하였사옵니다. (중략) 새로이 제4차 아담권을 선포함으로 참부모의 한을 풀고, 인류의 한을 풀고, 천상세계의 지옥낙원으로부터의 모든 전체를 정리하기 위한 전체를 정비하여 환원의 기준을 몰아가지고 오늘 8월의 셋째 날, 재출발하는 셋째 날의 이 시간 12시를 중심삼고 이 자리에 와서 온 천주 전체의 환원적 승리의 결정을 아버지 앞에 통고합니다. 이 모든 환원의 중심인 하나님을 중심삼고, 하나님의 사랑을 중심삼고 혈통적 영원한 참부모와, 참부모와 연결된 축복가정 전체가 천상세계와 지상세계에 하나의 혈족으로서 하나의 나무와 같이 되어 하나의 잎이라고 세포가 생명 전체를 대신하는 이런 시대에 왔사옵니다. (중략) 당신의 소유권으로서 전체를 환원하기 위한 전체선포의 시간을 갖고자 원하옵나이다. (중략) 이 모든 것을 기쁨으로 선포하오니 받아주시옵소서. 참부모님의 이름으로 환원식 전체를 봉헌하나이다. 아멘!"(세계평화통일가정연합 『참부모님 생애노정(제13권)』(역사편찬위원회, 2012년, 280∼281쪽)

세계의 생성원리는

세계의 생성원리는
만드는 것이 아니라
드러나는 것일세.
존재는 드러나는(現成) 것,
성인은 그 드러남을 기다릴 줄 아는 사람
성인이 현재에 드러남은 그것을 깨달은 사람
숨어있던 것이
이데아가 되고,
이데아는 다시 이성으로,
이성은 다시 현상(現象)으로 보게 된다.
그러나 정작 세계의 실재는
한 번도 숨은 적이 없다.
현존(現存) 밖에 없거늘
사람들이 괜히 시간을 만들어
시간의 지평에 드러났다고 하고
소멸했다고 호들갑을 떤다.
사람들이 괜히 공간을 만들어
공간의 지평에서 드러났다고, 소멸했다고 한다.
세계는 만들어지는 것이 아니다.
세계는 드러나는 현존이다.
세계는 존재도, 현현도, 현재도, 실존도 아니다.
그대 완전히 무아(無我)로 돌아가면

세계는 무유(無有), 유무(有無)가 아니라
'없는 듯 있음' '없음도 아닌'(nothingless)일세.
세계는 시간도, 공간도 없다.
세계는 그저 현존으로 있다.

지금 만나는 모든 것은!

지금 만나는 모든 것은 한 때는 친구였네.
지금 만나는 서로 다른 것들은 모두 하나에서 나왔네.
먼 길을 돌아, 돌아 여기에 이르렀지만
언젠가는 하나로, 형제자매로 돌아가야 하리.
언젠가는 한 가족, 참부모의 가족들로 돌아가리.

지금 만나는 모든 것은 서로 다른 이름을 붙였지만
이름이 없을 때는 본래 하나였네
지금 저 하늘을 나는 비둘기가
지상에 발을 붙이고 있는 나와 하나가 아니었다면
세계는 처음부터 갈라진 둘이었다는 말이네.

만물은 친구, 마음을 열면 곧바로 하나가 되네.
마음을 닫으면 내 것인 나조차도 다른 내가 되네.
마음을 열면 나와 네가 어디에 있는가?
마음을 닫으면 그 순간, 세계는 타인이 되네.
모든 강줄기가 닿는 바다는 그래서 평화라네.

바다는 내 젊은 날의 고뇌를 감싸주던
가없는 어머니, 그저 존재하는 것만으로 충분했던
기적의 어머니, 왜 그러느냐고 묻지 않고
무엇이 때문이냐고 묻지 않고
그저 안아주던 평화 그 자체인 어머니

깨달음보다는 생명이

깨달음이라는 것은 무엇인가.
빛을 내 몸에 받아들인다는 것은 무슨 의미가 있는가.
빛은 어둠의 보잘 것 없는 한 흔적
생명은 어둠에서 태어나나니
달빛은 얼마나 지혜로운가!
어둠과 함께 은은한 자태로
풍만한 젖가슴을 세상에 드러내놓나니
생명의 울림은 그대로부터 자라나나니
여인이여, 생명의 신, 그대는 복되도다.
본래 있는 것보다 중요한 것은 없나니.

빛이라는 것은 무엇인가.
어둠을 비켜간 자들의 저마다의 자화자찬인가.
어둠의 전체로 다가와 감싸주는 포옹
바다를 닮아 끝 간 데를 모르네.
빛보다 찬란한 어둠의 노래여!
그대 울림과 침묵 속에 그대로 잦아져도 후회 없으리.
어둠의 따뜻한 품속에서 우린 대대로 부활하리니.
그대 자손들의 생명의 합창
저 어둠 속 파도처럼 달빛처럼 출렁이리.
본래 있는 것보다 중요한 것은 없나니.

독도를 평화의 섬으로

하나의 돌보다 못하네, 인간은
돌덩어리 하나에
무슨 생사를 걸 일 있다고
전쟁을 하고, 사람을 죽이고
세계를 없애려고 하네.
어리석은 자여, 그대는 인간

그대 스스로 이름을 붙인
호모사피엔스, 지혜로움은 어디에 갔는가.
동해의 돌 하나, 독도
말없는 돌 하나가
전쟁을 불러오고
평화를 선물하네.

세계는 함께 사는
공생, 공영, 공의의 세계
공산이라는 거짓 이상을 넘어
홍익인간 이화세계로
한 조상의 자손임을 깨달아
한일 번영의 시대를 이루어야 하리.

동해를 중심으로

환(環)동해문명권을 복원하여
태평양 시대의 주역이 되어야 하리.
아담의 나라, 해와의 나라가
하나가 되어 지상천국을 이루어야 하리.
여성, 바다, 평화를 이루어야하리.

신보다 위대한 감사

신보다 위대한 것
신이 있으면 무얼 하나
감사(感謝)함이 없다면
감사함은 자신을 비워서
다 함(咸)을 이루고
그 함지박에 마음(心)을 모시는 일

신보다 위대한 것
신이 있으면 무얼 하나
신을 받을 사람이 없다면
감사함의 가없는
수평선 위를 떠가는
하나의 돛단배, 우리는

지금 평화로우면

지금 평화로우면 평화라네.
어디 멀리서 다가오는 발걸음인가.
고이고이 간직한 보물의 펼침인가.
지금 마음에 꺼릴 것이 없고
잔잔한 물결처럼 다가오는 안식에
눈물겨우면 평화라네.

지금 평화로우면 평화라네.
모양도 없이 은은한 난향(蘭香)처럼,
야상곡(夜想曲)처럼 그윽하고
지금 더 이상 바랄 것이 없는 흐름 속에
생을 다한다 해도 후회하지 않으면
바로 그 지점이 평화라네.

평화는 지금 당장 있는 것이네.
시간을 재고
계산을 하고
유언을 남기다보면 도망가 버리네.
이유도 없이 그렇게
가슴에 젖어드는 게 평화라네.

2

제주도

곶자왈¹⁶⁾

1

돌 하나 끌어안고
모진 생명을 버틴 곳
해녀들은 하루 종일
물질, 자맥질을 하며 새끼를 키웠다.

숲은 곶자왈
바다엔 해녀
돌 위엔 크고 작은 나무 덤불
해녀 품에는 아롱다롱 새끼

숲이 있으면
곶자왈
불길이 닿지 않은 곳
바위와 물이 있는 곳

여인들은 저마다 바위 하나를 끌어안고
이 골 저 골에서 시간을 버텨
젖 먹던 힘으로 다시 젖을 먹인다.
그곳에 생명이 있기 때문

여인이 바위 하나를 끌어안고
저마다 작은 숲은 이루는 까닭은
이끼에서 큰 활엽수까지
그 곳에 영혼이 있기 때문

더불어 살기 때문에 살 수 있는
그런 영혼의 응결과
팔들의 단단한 결속들이
검은 오름의 희열 속에서 광활한 숲을 이룬다.

2

여기도 곶자왈
저기도 곶자왈
여기도 오름
저기도 오름

인생은 저마다 곶자왈
인생은 저마다 오름
오름 속 곶자왈
곶자왈 속 오름

그 숲속 숯가마
흩어진 맹아목들은
혹시나 끊어질 지도 모르는 생명을 저어하여

일찍이 제 몸을 분질러 여러 갈래로 가지를 세웠나니.

분화구 속
얼어붙은 시간의 화석
기억의 늘 푸른 숲
연금술의 돌

우린 모두 너의 변형이었거늘
돌이 생명이 되고
생명이 다시 금이 되고
금은 다시 바다가 되는

끝내 바다가 다시 하늘이 되는
혼돈의 딸, 제주여
너의 아름다움과 인내와
바람의 이야기를 듣노라.

3

사람들은 너를 버렸다.
농사짓기에는 버려진 땅이라고
지네들만 우글거리던 습한 곳
한 낮에도 햇볕이 들지 않는 어두컴컴한 지옥
길을 잘못 들면 헤어 나오지 못하는 곳이라고.

사람들은 너를 쓸모없는 인간이라고 매도했다.
가시덤불과 암석만 가득한 곳
커다란 돌무더기를 일구면 흙이 나오는 듯 싶지만
흙 밑에는 다시 바위덩어리인 몹쓸 곳이라고.
용암만이 수없이 쪼개져 요철을 이룬다.

사람들은 모르지.
큰 비가 와도 홍수가 나지 않는 것이
누구 덕분인 줄 모르지.
빗물이 용천수가 되고 생명수가 되는 것이
누구 덕분인 줄 까마득하게 잊고 있지.

사람들은 모르지.
곳곳에 풍혈을 두어
숲들을 쉼 쉬게 하고
여름에는 시원함을, 겨울에는 따뜻함을
누가 선물하는지 모르지.

열대와 한대 사이에서 날마다 단련하여
북방한계 식물과 남방한계식물을 공존케 하는
가시면류관을 쓴 희생자(犧牲者), 예수 그리스도
추운 겨울에도 늘 푸른 숲을 이뤄
제주의 허리, 중산간 지역 빼어난 경관을 이룬다.

16) 곶자왈은 제주도 특유의 '숲이 돋아난 돌'을 말한다. 화산섬인 제주도에는 곶자왈 (Gotjawal)이 많다. 화산이 분출하면 용암이 흐르는데 그 용암이 크고 작은 바위덩어리로 쪼개 져 요철형태를 이루는 지형을 만든다. '곶'은 '숲'을 의미하고 '자왈'은 암석들과 가시덤불과 작은 숲이 뒤엉켜 있는 곳을 말한다. 제주도에는 서부의 한경-안덕 곶자왈지대, 북부의 애월곶자왈 지대 및 조천-함덕 곶자왈 지대, 동부의 구좌-성산 곶자왈지대 등 4개 지역이 있다. 가장 높은 곶자왈은 애월곶자왈(해발 833m), 가장 길게 이어진 곳은 조천-함덕 곶자왈 지대(30㎞)이다.

검은 오름

1

검은 오름
신들이 아직도 숨 쉬는 곳
그 침묵은 지금도 흐르나니
활화산의 기억을 안고
바위가 물을 머금은 곳

태초의 검은 여인
그 안에서
무언가 꿈틀거려
생명이 있었나니
숲은 정령들로 가득하다.

생명은
꿈틀거리다 폭발하는 것
폭발하면 빛을 세우나니
빛은 어둠을 잊어버린다.
어둠은 오름 속에 숨어있나니

넌 검은 여인의 자식인 것을
분화구를 이고 하늘을 향하는 것은

목마름을 풀려는 기도의 방법
비를 기다리는 너의 습관
검은 질그릇으로 누워있다.

2

검은 오름
우주의 금문(琴門岳), 큰 문(巨門岳)
난 너의 이름 하나로
이제 신비에 도달하였나니

내 너를 보며
저 태양보다
어둠이 더 가열하는 까닭을 알았다.
무명(無明)의 직전에 깨달음을 알았다.

진실은 언제나 어둠처럼 감추어져 있나니
그 옛날 하늘에는
검은 폭발이 있어 끝없이 방사(放射)하였나니
흰 빛을 세우고 세우고

그 옛날 땅에는 붉은 화산이
수직으로 솟아 솟아
수평으로 달려 달려 바다를 애모하였나니
바다는 용개물을 허옇게 뿌리고

용암은 달려가다
안에선 길고 긴 동굴을 파고
밖에는 빌레 돌들을 흩뿌렸나니
밤이 은하수를 뿌리듯이

산들이 바다로 바다로 달려가는 까닭은
검은 어머니 속에서
발차고 옹알이하던
하나였던 시간을 기억하기 때문

3

검은 여인
검은 오름
빌레 바위
그 위에 빌레못

여인들은 저마다
머리 위에 연못 하나씩 이고
그 옛날 동굴의 기억을 떠올린다.
제 속의 우주를 더듬는다.

내 너의 활화산을 기억하리.
내 너의 바다로 달려간 정열을 기억하리.

만장굴(萬丈窟) 되고
용천굴(龍泉窟) 된 사연을 들어주리.

내 너의 끝없는 솟아오름을 기억하리.
내 너의 돌이 된 사연을 품어주리.
여인은 저마다 자신의 오름 위에서
하얀 집을 짓고 망부석 되나니

여인들은 돌이 된 완성을 안다.
바람은 집의 반석을 가만히 버려두지 않는다.
바람은 기도의 촛불을 가만히 버려두지 않는다.
바람은 언제나 제 흔들리는 속성으로 인해

4

이름 없는 작은 오름엔
산 자의 집이 있고
죽은 자의 집이 나란히 있네.

하얀 집에는
산 자가 있고
죽은 자가 나란히 있네.

검은 영혼엔
때로는 산 자가 있고

때로는 죽은 자가 있네.

산 자와 죽은 자는 때때로 대화하네.
산 자는 죽음이 무엇이냐고 묻고
죽은 자는 사는 것이 무엇이냐고 묻네.

산 자와 죽은 자는 서로를 위해 기도하네.
산 자는 죽은 자를 위해
죽은 자는 산 자를 위해

부부애정목, 자귀나무 군락지
토라지던 팽나무가 옆에서
함께 집을 지켜주네.

5

검은 여인은 달빛에 매혹되어
깊은 밤, 빌레암 숲을 서성이고

검푸른 하늘에 치켜든 손은
뜻 모를 말을 중얼거린다.

여인은 하늘을 섬기고
하늘은 다시 여인을 섬기니

수직으로 관통하는 기도는
수평으로 퍼져가는 기도는

밤의 하늘가에
수평선에 점점이 별처럼 박힌다.

6

소복의 여인은 흐느낀다.
누가 그 슬픔을 알리.

여인은 낮에는 웃는다.
누구보다 큰 소리로

밤이면 달빛을 타고
심금(心琴)을 탄다.

소리는 구천에 닿아
메아리로 되돌아온다.

나의 몸, 나의 믿음, 나의 새로움
자신(自身), 자신(自信), 자신(自新)

새로움은 날마다 나의 하느님
자신(自神)에 이르고

자선(慈善)은 쌓이고 쌓여
선한 산, 선흘(善屹)을 이룬다.

나의 자유, 나의 착함, 나의 깨달음
선(仙), 선(善), 선(禪)

깨달음은 날마다
자선(自禪)에 이른다.

다희연(茶喜然)

차는 기쁨의 지름길
자연으로 돌아가는 지름길
차인들은 느리게 갈 줄 아는 사람들

다희연에 오면
우선 웃으세요. 웃으면서
고요의 진정
청명의 무애
평정의 가난을 즐기세요.

차(茶)는 약(藥)
희(喜)는 락(樂)
연(然)은 도(道)
도(道)는 다희연으로 돌아가는 것이지요.

구룡여의주(九龍如意珠)

거문 오름 정상
아홉 용들이 똬리를 틀어
알오름 여의주를 물었네.

울창한 원시림은
여의주를 감추고
보여주지를 않네.

그 깊이는 111미터
최고봉은 461미터
바닥은 350미터

아니, 그 깊이는 무한대
시간은 멈추고
절구처럼 하늘을 떠받치고 있네.

검은 신의 집
무량수전(無量壽殿)
거꾸로 물구나무하고 서 있네.

검은 오름의 득도(得道)

하늘로 치솟아 오름은 언제나
낙하를 거듭하다가

어느 날 갑자기 가장 낮은 바닥에서
하늘가의 아홉 용(龍)을 보네

멀리 하늘은 푸르러
쪽빛 바다를 닮았는데

산은 허공이 되어
절구처럼 거꾸로 섰다.

그 안에 조그마한 또 하나의 오름
하늘 닮은 조그마한 점

누가 있어 절구 공이가 될 것인가
누가 있어 슬픔을 찬연한 기쁨으로 돌려세울 것인가

제주삼다(濟州三多)¹⁷⁾

바람 돌 여인
아니, 돌 여인 바람
아니, 여인 바람 돌

천, 지, 인
아니, 지, 인, 천
아니, 인, 천, 지

무엇을 먼저 세우나
그것이 그것
아무럼 어때

바람이 돌을 만들었는가.
돌이 여인을 만들었는가.
여인이 바람을 만들었는가.

돌은 바람을 꿈꾼다.
바람은 여인을 꿈꾼다.
여인은 돌을 꿈꾼다.

여인은 때로는 바람이 된다.
여인은 때로는 돌이 된다.

바람과 돌은 때로는 여인이 된다.

아무럼 어때.
바다를 건널 수만 있다면
제주(濟州)에 살 수만 있다면

그것이 해인(海印), 그것이 해인

17) 제주도는 이밖에도 삼무(三無): 도둑, 대문, 거지/삼려(三麗): 자연, 민속, 토착산업 혹은 특
용작물, 수산, 관광/삼보(三寶): 아름다운 자연, 민속, 토착산업을 꼽는다. 봄의 철쭉, 여름의 녹
음, 가을의 단풍, 겨울의 설경 등이 유명하다.

오름 천지

1

내가 오르니 오름인가
네가 본래 오름인가

내가 날마다 올라가서 오름인가
네가 밤마다 올라가서 오름인가

오름은 안에 있는가.
오름은 밖에 있는가.

하루도 거르지 않아
368 개의 오름

그 옛날 조물옹이 지상의 깨달음을 위해
하루에 한 번씩 구령 부르듯 오름을 만들었나.

오름은 오롱
산의 옛 이름

한라산도 오름
이름 없는 오름 즐비하네.

2

그 옛날 한라산에서 용암이 분출한 뒤
남은 기운이 산기슭 중간에서
수많은 오름을 탄생했다.

시칠리아 섬의 에트나산 오름 260여 개보다
100여 개는 많은 제주도 오름
환형, 말발굽형, 원추형

오름의 여왕은 다랑쉬 오름
분화구는 달처럼 둥글어 월랑봉(月朗峰)

유채꽃의 둔지봉을 지나 비자림 쪽으로 가다보면
짙은 구름이 오름을 뒤덮고 있다. 아! 대칭의 균제미
물찻오름처럼 언젠간 호수가 생길지도 모르죠.

성판악(城板岳)은 성널오름
순수 우리말 이름 되찾아야 깨닫게 되죠.

명사의 '산'(山)보다는 움직임이 남아있는 '오름'이 옳죠.
동사는 아직도 움직이는 우주를 그대로 담고 있죠.

검은 오름은 흰 빛을 세우고

― 대한민국 중흥의 예감에 젖어 ―

검은 여인
아니, 검은 여신

슬픔을 묻고 묻어
검게 타버린 심장

그 처절함이 흰 빛을 세워
흰 학(鶴)을 날려 보낸다.

여기 저기 듬성듬성 솟은 오름은
무덤인가, 산인가

경주 같으면 왕들의 무덤이라고 했을 것들이
온갖 이름의 오름으로 줄 지어 섰네.

오름의 왕, 한라산
오름의 여왕, 검은 오름

한라산의 정열이 백록담을 담아내고도 남은
찬연한 오르가즘의 흔적

흰빛을 세워 한라산에서 백록(白鹿)을 낳고

연동에 이르러 검룡(儉龍)으로 등천하니 검은 오름

고조선의 신왕(神王), 왕검이 되살아난다.
곰이여, 검이여, 왕이여, 신이여, 칼이여!

빛을 받아라. 한반도여!
반도의 맨 끝에서 저 태초의 시작을 알려라.

풍혈(風穴)

검은 오름의 곳곳에는
숨구멍

바위에 갇힌 바람이
참다못해 숨을 토하는 곳

검은 여신의 몸 곳곳에
뚫어진 거무스레한 동공

가장 깊은 바위의 숨
현금(玄琴)의 소리

안과 밖의 온도 차이로
수증기 기둥 뿌옇게 올라가고

식생(植生)을 보살피는
대신대신(大身代身) 대자대비(大慈大悲)

만물은 숨을 쉬는 구멍을 가지고 있나니
숨을 쉬면 물빛이 돌고 피가 돌아 생명이 움트네.

신문(神門)

오름 정상에 있는 무덤
산담 사이로 신문(神門)이 나 있다.
왼쪽에 있으면 남자의 묘
오른쪽에 있으면 여자의 묘
신(神)이 드나드는 배수구(排水口)

그동안 신은 말을 통해 세계를 창조했다.
여호와 신
이제 신은 배설을 통해 세계를 개벽했다.
마고할미 신
신(神)은 정신(精神)이 아니라 신장(腎臟)이었다.

대한 페니스, 검은 오름 여신 만나다

한반도,

'한' 페닌슐라(Peninsula)

대한 페니스(Penis)

검은 오름 여신과 자웅동체가 되다.

아득하고 멀고 먼 옛날

파(밝)미르(산)고원, 밝산

히말라야, 해머리산을 출발한 우리조상은

5천재를 넘고, 5천킬로를 움직여, 움직여

백두산, 백산, 장백산, 태백산,

개마산(蓋馬山, 해말뫼, 해머리뫼),

도태산(徒太山, 무리큰뫼, 머리큰뫼)

불함산(不咸山), 불함산(佛咸山),

가이민상경(歌爾民商堅)에 이르렀나니

이제, 2000년대를 맞아

제주도 검은 오름에 이르렀다.

검은 오름이 용암을 분출하는 까닭은

드디어 때가 이른 때문

일본열도를 넘어 태평양

오대양 육대주에 기운은 뻗어

무지개를 한반도에 걸었다.

수직 동굴

― 제주 4.3사태 때 숨진 곳 ―

수직 동굴은 으스스하네.
그것도 천 길 낭떠러지
격자 쇠창살 아래 음습한 구멍

역사의 깊고 깊은 구멍
식민의 저주스런 한(恨)의 구멍
비창(悲愴)도 목이 메는 구멍

제주 4.3사태 때 김모 씨[18]가 숨진 곳
깊은 수직 동굴은
보기에도 음침하네. 귀신이 떠오르네.

제주도 곳곳엔
진지동굴, 피신동굴
그리고 무덤이 된 동굴

언제 이 질곡의 역사를 종식시킬 것인가.
한민족이여! 그 슬픔의 깊이는 얼마인가.
수직으로 까마득한 구멍, 으스스하네.

---

18) 제주 4.3 사태 때에 제주에 사는 김두연 씨의 아버지가 이곳에서 살해당해 버려진 것을 당시
타살에 가담한 사람의 양심고백에 의해 최근 밝혀졌다. 양심고백한 사람은 고백 후 두 해 뒤에 숨
졌다. 이 비극의 이야기는 '단추와 허리띠'(오성찬, 지성문화사)라는 작품으로 소설화되었다.

화산탄(火山彈)

화산 폭발로
용암이 분출하다가
자신도 모르게 일순 만들어진 탄알

모양은
마그마의 초기 크기, 점성(粘性)
비행속도에 의해 결정된다.

난 얼마만한 속도로 지상에 이르렀을까.
큰 바위에 박혀 있는 것을 보니 석류 같구나.

나의 시(詩)는 화산탄
약한 마음으로 인해 연금(鍊金)되지 못한
쓰디 쓴 철광석의 비천(飛天)하지 못한 응어리

난 얼마만한 크기와 속도와 점성으로
지금 바위를 타고 우주로 날아가고 있는가.

화산탄은 땅에 떨어졌을 때에도
소성(塑性)을 갖고 있어
응결집괴암(凝結集塊巖)이 된다.

주상절리(柱狀節理)

― 2008년 2월 21일~23일, 결혼 29주년 기념 제주도 여행을 하다~

끊어짐과 마디, 틈새의 절대미(絕對美)여!
작은 기둥들이 꽃잎처럼 모여
중문과 대포의 해안에 석성(石城)을 이루었으니
태평양을 향한 도도한 응결(凝結)이로다.
아! 절목(節目)의 아름다움이
바다와 만나 이룬 이치(理致)
파도의 영겁과 씨름함은 너의 소임
용암이 갑작스럽게 식은
너, 현무암(玄武巖)의 돈오(頓悟)여!
곳곳에 깨달음의 상처구멍이 나 있구나.

불과 물이 만들어낸 천혜의 조화여!
불이 만들어낸 돌
물이 만들어낸 돌
화산에 대한 기억들이
뇌리(腦裏)에 벌집처럼 들어박힌 꽃
제주도의 절대음양(絕對陰陽), 한라산이
수많은 오름과 굼부리를 만든 끝에
서귀포 해변에 뿌려놓은 검은 다이아몬드여!
너를 보고 바람구멍의 깨달음을 안다.
너를 보고 갑자기 식음의 깨달음을 안다.

산방산(山房山) 용머리

한라산 용암이 서귀포에 날아가 만들었다는
백록담 분화구만한 산, 산방산(山房山)
그 아래 해변에 뻗은 용머리
용과 용녀가 희롱한 용구(龍口)
기기묘묘한 애무흔적 용소(龍沼)
용트림을 따라 돌면 태고의 시간들이 다가온다.

음양의 찬란한 꽃이여, 요철(凹凸)의 절정이여!
돌마저 역동하던 천지창조의 시절에
넌 누구의 무슨 조화였단 말이냐.
차라리 네 반석에 가부좌하고 좌선이나 하리다.
곳곳에 감실(龕室)의 흔적, 선사의 냄새
수백은 넘었을 해인(海印)의 비룡(飛龍)

제주 남원 큰엉 산책로

제주 남원 큰엉 해안산책로를 걸어보라.
신혼과 금혼의 부부는 꼭이 이 길을 걸어보라.
신혼은 꿈꾸기에 좋고 금혼은 사색하기에 좋은
호젓한 굽이길, 파도소리는 리드미컬하다.

일출과 일몰, 등대와 해안, 갈대와 소나무
야자 잎이 싱그럽고 동백꽃이 농염하다.
별들이 쏟아지고 등대가 촛불처럼 불 밝히면
한치 잡이 배의 집어등이 달과 윙크한다.

열심히 일하는 것도 아름답지만
휴식과 여유는 아름다움의 여왕
제주는 대한민국의 에메랄드
큰엉은 태평양의 다이아몬드

홍콩 침사추이 워터프론트는 세계적 조깅코스
뉴욕을 바라보는 롱 아일랜드는 세계적 조망코스
신영영화박물관이 있는 남원 큰엉은 세계적 산책로
양평, 청평 대교사이 청평 호반은 세계적 드라이브코스

산굼부리

조천읍(朝天邑) 산굼부리
산신(山神)의 주둥이
처음부터 섬길 줄 알아, 하늘이
백록담보다 더 깊고 넓게 배려한 곳

수많은 기생화산 중에 별 오름 없이
안으로 깊게 깊게 파 들어간 폭렬공 화산
누구보다도 깊고 넓기에
수많은 초목을 거느린 너

불을 품고 용암을 분출함이 없이
가스만으로 스스로를 달랜 너
가장 낮은 곳에
가장 깊은 굼부리로 넓은 구멍을 드러내고 있다.

별 오름 없이
떨어지는 나이이가라 폭포가 가장 큰 폭포이듯이
별 오름 없이
분화한 산굼부리 네가 가장 큰 분화구로구나

수목은 간 데 없고
용암에 둘러싸여

텅 빈 동공만 남긴
용암수목의 화천(化天)이여!

새들이 합창으로 아침을 열고
구름과 햇살이 서로 희롱하는
분화구의 낙원, 산굼부리
내 구멍으로 수많은 동식물이 생겨났구나.

처음부터 낮았기에 끝내 넓게 자리를 잡은 너를
분화구의 분화구라 부른다.
가장 큰 입을 가진 너는
바다처럼 지상의 온갖 수목을 삼켜라.

제주도(濟州道)

바다 건너 땅
제주도
섬 하나가 도(道)가 된
화산섬 제주도

산 하나가 섬이 된
한라산
올망졸망 오름들은
조상[19] 한라산

땅에서 솟아난 조상
땅에서 솟아난 우주
비바리, 어미 되면 제 새끼 매겨 살리러
바다에 뛰어들었다.

비바리 숨비소리[20]
제주도를 매겨 살렸다.
본래 이어도였던가.
유배가 구원이 되었던가.

일찍이 누가 제도(濟度)의 섬이라고 이름 붙였나.
바다를 건너면 육지를 버리라고

일찍이 누가 구제(救濟)의 섬이라고 이름 붙였나.
내 꿈의 이어도

19) 겉으로 보면 오름들은 새끼 한라산인 것처럼 보이지만 실은 오름들은 한라산의 조상과 같다. 한라산은 2000년 전에 형성되었지만 다른 오름들은 그 이전에 형성되었다. 울등도, 독도,, 제주도를 생성연대로 보면 독도가 가장 오래되었고, 그 다음이 울릉도, 제주도가 막내이다.
20) 해녀들이 바다에 잠수하여 미역, 전복 등을 채취한 뒤 수면에 올라와서 숨을 고르는 휘파람 소리

성산(城山) 일출봉(日出峰)

하늘을 잡으려다 끝내
손을 놓고만 성산일출봉(城山日出峰)
일출은 창해를 건너 맨 먼저 문안하지만
밤마다 바다를 떠가다 돌아온 절대고독
세월의 깎이고 깎인 절벽을 머리에 둘렀다.

어둠 너머 일출은 장엄이요
바다와 하늘은 구분이 없다.
하늘에서 본 너는 코발트 왕관을 쓴 바다 여신
해변에서 보는 너는 중절모의 신사
유채꽃 너머 너는 검은 짐승 같다.

분화구 둘레에 99봉우리
100에서 하나를 남겨둠은 여유인가, 겸손인가.
바다에서 본 너는 뿔 난 공룡 같다.
1마저 채우는 날
너는 비천하리라.

오르는 구비마다 기암괴석[21]
홀로 해탈하러 달아났다가
돌아온 보살인가, 부처인가
홀로 바다에 떨어진 네가 애처로워

하늘이 육지와 연결하였는가.

내가 품은 화산은 지구를 돌고 돌아
지금 일출의 광휘로 날개 짓을 한다.
화산 중에 맨 먼저 바다를 그리워하여
달려가다 일순 멈춘
그리움의 망부석이여!

21) 등경돌바위, 곰바위, 코끼리바위, 초관바위, 처녀바위 등이 있다.

제주 올레길[22)]

1

올레길 길으면
나도 모르게 평화에 빠져든다.
지금 막 물결쳐오는 평화를 느낀다.
말만의 평화주의자가 아니라
나도 모르게 마음을 내려놓고
어느 새 텅 빈 마음이 된다.

수평으로 난 끝없는 길
비상할 것 같은 새들의 퍼덕임
낯선 곳에서 온 이름 모르는 길동무들
한 걸음에 친구 되는데
길을 걷다 보면 바다에 전염돼
잊어버렸던 많은 것들이 흰 파도처럼 철석 인다.

아, 끊어진 길
잊혀진 길, 잃어버린 길, 사라진 길
다시 잇고 짜서 만든 수평의 길
누가 이 길을 생각했나. 기특도 하지.
둘레길은 언제나 돌고 돌아
광장에 이르지 못한 사람들의 한 많은 길

해안선을 따라
중산간을 따라
바다와 오름과 들과 숲을 보면서
돌담도 보고
길가의 꽃들도 보는
점(點)들을 이어가는 선(線)의 길

제주 속살들이 터져 나오는 소리
비경들이 한 겹 한 겹 옷 벗는 길
오직 두발로 걸어서 가는 자만이
사라진 길을 불러내어 걷는 길
간세[23]처럼 꼬닥꼬닥 놀멍, 쉬멍 가는 길
올레길 걸으면 그 옛날
느릿느릿 도란도란 걷던 할방할망이 생각난다.

2

제주 올레길 따라
지리산 북한산 남양주
곳곳에 둘레길 열리고
사람들은 삶의 언저리에 핀
들꽃들을 즐길 줄 안다.
둘레 같은 마음이면 살만하지.

느리게 성찰할 줄 알고
에둘러 갈 줄 알고
길을 허락해준 숲과 다람쥐
마을사람들에 감사할 줄 알면
그럭저럭 살만하지.
광장에만 사람이 사는 건 아니지.

먼저 본 사람이 웃고
사람을 만나면 누구나 인사하고
사진을 찍을 때도 허락을 받는 길
힘없는 사람에게도 물어볼 줄 알고
대수롭지 않은 일도 양해를 구할 줄 아는
평범한 삶의 순례의 길

산허리 중간 높이에서 둘레길 걸으면
두발로 걷는 일이 성스럽게 느껴진다.
두발로 걷기만 하는데도
세상 물리가 저절로 터져
사람다운 사람이 될 것 같다.
인간사 모두가 두발 걸음에서 시작된 것을

모처럼 주변을 멀건이 둘러보는 둘레길
둘레길의 법성게를 보라.
둘레길의 해탈을 보라.
그 길은 중심에 도달해도
머무르지 않고 주변으로 돌아 나온다.

그 길은 미로(迷路) 같지만 미궁(迷宮)이다.

22) 제주올레 길은 사단법인 '제주올레'가 지난 2007년 9월 발족한 이래 제주도를 걸어서 볼 수 있는 아름다운 길을 조성하기로 하고 제주 일원의 옛길을 복원한 것이다. (사)제주올레는 현재 제주도를 한 바퀴 도는 정규 코스와 중산간 및 제주의 작은 섬을 걸어서 도는 알파 코스 길을 개발하고 있다.
23) 제주 조랑말의 이름. 체구는 작지만 체질이 강건하고 성격이 용감한 말이다.

제주 가을

백두대간을 타고 내려온 단풍이
푸른 바다에 꽂혔다.

백록담은 사슴의 푸른 눈동자
오색 단풍을 반사하고 있다.

은빛 억새 밭
황금 감귤 밭

올망졸망 오름들 사이
풀 뜯는 한가로운 소, 말

일출봉은
망망 창해의 항공모함

섭지코지(곶)에 닻을 내렸다.
단풍객들은 밀려나오고 있다.

제주 삼현(三絃)

태초에 하늘은 제주에
삼현(三絃)을 두었나니
돌의 현
바람의 현
여인의 현

안에서 보면 모르지
밖에서 보아야 알지
그 날씬한 악기의 날렵한 몸매를
그 현의 울부짖음을
그 현의 율려(律呂)를

돌의 소리
바람의 소리
여인의 소리

돌 같은 바람
바람 같은 여인
여인 같은 돌
바람 같은 돌
돌 같은 여인
여인 같은 바람

제주를 수차례 다녀도
무사히 육지로 귀환하였건만
어느 날 영감에 갇혀
불귀의 객이 되고 말았네.
상사병에 걸려 몽유병환자가 되었네.

거친 해풍소리
해녀의 자맥질 소리
바위의 울부짖는 소리
샤미센(三味線) 소리는 요사스럽다.

해녀들의 눈

해녀들은 안경을 '눈'이라고 했다.
눈은 눈이다. 보기 위한 것이니까.
그 옛날에는 맨 눈으로 바다와 싸웠다.

자그마한 쌍안경, 족세눈
족세눈에는 엄쟁이눈[24]과 궤눈[25].
왕(큰)눈, 단안경[26]을 쓴 것은 최근의 일이다.

해녀들의 발은 독수리 양 날개처럼
뭍과 물(바다)에 걸쳐 있다.
양서류의 개구리처럼 왕눈을 하고 있다.

해녀들은 바다를 밭이라고 한다.
밭은 밭이다. 먹을 것을 내놓으니까.
그들의 발이 디디는 곳이니까 밭인가.

전복 캘 때, 빗창
톳 채취할 때, 정게호미
헤엄칠 때, 테왁[27]이 필요했다.
고무 잠수복은 최근의 일이었다.

해녀들은 바다의 군인이었다. 남자를 닮았다.

처음 발을 들여놓으면 하군(下軍)
그 다음이 중군(中軍)

일 잘 하면 상군(上軍)
출중하면 대상군(大上軍)
나이가 어리면 대상군이라도 애기상군
진작에 생존전선의 UDT대원이었다.

24) 엄쟁이 눈은 애월읍 구엄리에서 제작된 것을 말한다.
25) 궤눈은 구좌읍 한동리에서 만들어진 것을 말한다.
26) 1950년대에 이르러 오늘의 단안경을 쓰게 되었다.
27) 가슴에 안고 헤엄치는 박으로 된 부표

별유천지비인간(別有天地非人間)

제주도 봄은 빠르다지만
한라산 높이 따라 계절이 다르네.
수평으로 가는 계절의 시간을
수직으로 세운 제주, 한라산

초여름이면 이끼와 풀들이
백록담에 새살처럼 돋아나고
바닥을 드러낸 못이 수량을 늘이면
비로소 제 얼굴을 비춘다.

한겨울 한라산의 눈꽃들은
백록의 뿔처럼
하얀 가지를 이리저리 뻗는다.
가지 사이로 푸른 바다가 펼쳐진다.

차라리 하루에도 봄, 여름, 가을, 겨울
아열대, 온대, 한대가 지나간다.
백록담을 한 바퀴 돌고나면
제주도를 한 바퀴 돈 것 같다.

한라산과 백록담도 좋지만
산 아래 펼쳐지는 구름 사이 수많은 오름

죽어도 천 년 산다는 구상나무 군
섬을 둘러싼 물거품의 하얀 띠

해변의 일주도로를 돌거나
중산간 올레길을 걷거나
오름의 곶자와리를 오르내리거나
마음대로 돌아도 별유천지비인간

새(鳥)오름

제주 한경면 일대에서 가장 높은 오름
가장 균형미가 빼어난 사다리꼴 오름
닥모르오름, 당지악(堂旨岳), 저지악(楮旨岳)
그리고 새(鳥)가 오르는 것 같다고 새오름, 조악(鳥岳)

제주 오름들은 거개가 비대칭
새오름, 금악, 모슬봉 등 20여 개가 대칭을 이룬다.
오름 전체 경사면은 원시림으로 꽉 차 있다.

정상에는 깔때기 모양의 '암매' 굼부리
굼부리 비탈에는 보리수나무, 찔레가 우거져
굼부리 안으로 들어가기 어렵다.
동북쪽 오름허리에는 오름허릿당이 있다.

새오름, 대한민국의 가장 아름다운 숲
당에서 기도하면 새처럼 날아가는 오름
모든 균형 잡힌 것에는 원이 있고, 점이 있고
새가 있고, 그 뒤에 해오름이 있다.

황금새

나에겐 두 마리 새가 있네.
해오름의 황금새
하나는 비상하는 새
하나는 심장을 파먹는 새

이상하게도, 한 새가 심장을 파먹을수록
다른 새는 무게를 덜고 높이, 높이 날아가네.
그래, 본래 내 몸은 너의 몸이었어.
네가 아무리 파먹어도 난 아무 말 못하지.

나에겐 두 개의 화산이 있네.
하나는 활화산
하나는 휴화산
활화산은 화산을 기억하지 못하네.

이상하게도, 휴화산일수록 화산의 기억을 잘하네.
그래, 본래 내 몸은 화산이었어.
날 때부터 그런 운명이었어.
나를 잘 보기 위해 잠시 냉철한 것이지.

몸(呂)국

듣기만 해도 살벌한 몸국
똥돼지의 야생적인 사육제
순교를 해도 이 정도는 해야지.

가마솥에 돼지를 삶아내고
그 고깃국 물로 국거리를 장만하고
찬거리를 만든다.

마늘, 생강을 넣어
잘 삶아진 고기를 썰어내고
다시 순대를 삶아낸 뒤
마지막 순례의 길을 떠난다.

발라낸 뼈와 내장, 머릿고기를 넣어
하루이상 푹 끓인다.
고기와 내장이 흐물흐물해지면
여(呂)²⁸⁾라 불리는 해초를 넣는다.
혼백이 투명하면 맛이 더 난다더냐.

다시 한 나절 푹 끓이고 건더기를 듬뿍 떠서
사발에 담아 소금 간을 하고
고추, 실파를 송송 썰어 넣으면

123

몸국이 완성된다.

여(呂)가 몸인 줄 어찌 알았더냐.
여자로부터 태어난 몸이 아직 남아있는 제주여!
몸국 한 사발에 매서운 바닷바람도 맥을 못 춘다.
제주 사람 몸국 먹고 피부가 20대처럼 탱탱해진다나?

---

28) 육지에서는 모자반이라고 한다. 제주사람들은 이 '여'를 건조해 두었다가 집안 대소사에 쓴
다. 톳과 비슷한 모양을 하고 있다. 제주사람들은 잔치에 몸국이나 성게국을 끓인다.

정낭

문인지 아닌지 알 수 없는 문
닫아도 닫힌 것인지 알 수 없는 문
손가락으로 하늘을 가린 듯한 문

장대를 세 개 걸어
주인의 소재를 알려주는 문
처음부터 사람의 문

정낭이 하나면 주인이 곧 돌아온다는 뜻
정낭이 둘이면 주인이 이웃에 있어 오늘 중에 돌아온다는 뜻
정낭이 셋이면 주인이 아주 멀리 출타해서 며칠 뒤에 온다는 뜻

정낭이 없으면 주인이 집에 있다고 한다.
있으나 마나 한 볼품없는 문
대문을 원천적으로 부정하는 문

대문을 소통의 도구로 쓰는 트인 문
소와 말이 드나들게
정주석만 서 있는 빈 문

안에서 여는 것인지
밖에서 여는 것인지도 알 수 없는

안팎도 없는 어리숙한 문

만물의 본래 모습은 너와 같았다.
네팔 카트만두 어느 산골에도 있었다.
아예 발가벗고 몇 가닥 줄만 걸치고 있다.

처음부터 도둑이란 없는 문…
처음부터 거지란 없는 문…

돌담천지

돌담천지 제주도
마을에는 길담
집에는 집담
밭에는 밭담
산과 들에는 산담(무덤)
바다에는 갯담(원담)

돌에서 왔다가 돌로 돌아가는
돌구들 위에서 태어났다가
산담 묘 속에 묻히는
제주 사람들, 삶의 전체가 돌이다.
울타리와 올레, 디딤돌
산길, 밭길, 어장길 모두 돌길이다.

상잣담, 하잣담 환해장성(環海長城)은 성(城)담
밭담과 어울려 흑룡만리(黑龍萬里) 만리잣담 이룬다.
돌담에는 구멍이 있어 태풍에도 끄떡도 하지 않는다.
바람구멍을 낼 줄 아는 지혜여!
땅속에 박힌 돌을 캐서 돌담을 쌓았다 하니
경계란 누가 안에서 끄집어낸 것인가.

일찍이 돌을 쌓아 바람을 잠재우고

집을 만들고, 거리를 만들고
돌하루방을 세우고, 무덤까지 만든
제주사람들의 화엄일승법계도
자연의 시가 지천으로 널려있는 풍경
더 이상 놓을 게 없다.

무천(無天), 무천(舞天)

말하여진 하늘은 이미 하늘이 아니다.
말하기 이전, 그 너머에 하늘이 있다.
멀리서 다가오면서 전체를 감싸는 그것
그러면서도 내 것이라고 말하지 않는
모양과 색깔이 없는, 그러면서도
모양과 색깔이 있는 그것

역사는 수많은 하늘을 말하였지만
그것은 진정한 하늘이 아니었다.
진정한 하늘 흉내만 내었을 뿐
하늘은 처음엔 밖에 있다가
어느 틈엔가 마음속에 살며시 자리하고
언제나 춤춘다.

춤추지 않는 것은 하늘이 아니다.
움직이지 않는 것 같지만
자세히 보면 그 속에선
수많은 파동과 빛깔로 어지러운 곳
다 버린 것 같지만 다 감싸고
다 빈 것 같지만 꽉 찬 것

차라리 그대 이름은 없다고 하는 편이 옳다.

차라리 그대 이름은 비었다고 하는 편이 옳다.
차라리 그대 이름은 머리 없는 하늘이라고 하는 편이 옳다.
땅과 관계없이 홀로 떠 있는 하늘은 하늘이 아니다.
땅의 소리를 듣지 않고 함부로 날뛰는 하늘은 하늘이 아니다.
한라산 영실바위 위에 솟은 렌즈구름의 아우라!

동거문오름

풀을 뜯으며 점점이 흩어진 소떼들
그 옆엔 네모난 돌 더미 안에 무덤들
오름 속의 무덤, 무덤 속의 오름
평화로운 기하학이여!
아침 햇살에 붉게 물든 캔버스에
나란히 있는 이승과 저승
황토색과 검은색

어머니 젖가슴처럼 봉긋 솟아있는
동거문오름 뒤로
멀리 아침 햇살과 안개 사이로
크고 작은 오름들이 떠내려오고 있다.
우린 언제나 햇살을 받으며
떠내려가고 있다. 떠내려가더라도
여기서 잠시 정박하였으면 한다.

거문오름의 나무여

나무여, 넌 한 자리에 있으면서
어찌 그토록 역동적인가.
힘찬 팔뚝, 시퍼런 핏줄
끝내 하늘 깊숙이 찔러 넣은 실핏줄
거미줄처럼 뻗어
하늘을 사로잡을 듯 맹랑하구나.
나무도 이렇듯 하늘을 사냥하는데
하릴없는 동물이 되어 부유하누나.
차라리 한 자리에 박힌 네가 부럽다.

일출봉 원방각

하늘엔 막 떠오른 일출
땅에선 여명에 싸인 검푸른 일출봉
그 옆에 삼각으로 균형 잡힌 다랑쉬오름
지상에 이토록 완벽한 원방각을 보았는가.

그 앞에 길게 누운 검은 여인
허리인가, 배꼽인가 분간하기 어려운
분화구 너머 기지개를 켜는 검은 여인
여인은 사라지면서 떠오르는 것 같다.

휴애리 송이길

수백회의 화산활동으로
소성된 돌 숯
점토가 고열의 신병에 걸려
붉은 재가 되어
길을 만들었다.
송이송이
열매 달리듯 열린 길
검은 오름이 아닌 붉은오름
원적외선 방사
약 알카리성 화산재
곰팡이님들도 꼼짝 못한다나.

제주에 오면 통 큰 여자가

제주에 오면 통 큰 여자가 떠오른다.
온 세상 품어줄 것 같은 넉넉한 여자
제주에 오면 으레 큰 할미가 생각난다.
천지를 오줌홍수로 덮어버린 마고할미

얼기 성기 구멍 뚫린 현무암 돌담에서
돌아 돌아가는 올레 길 굽이굽이에서
크고 작은 오름들의 귀퉁이에서
불쑥 나올 것 같은 마고 할미

그 오름들이 밀어올린 한라산 백록담
한라산 영실에 살고 있을 신령들
제주에 내리면 이미 피안으로 온 것 같다.
땅은 언제나 바다를 둘레 삼아 오롯하다.

영주십경[29] 이제(二題)

(제주에서 명승을 찾으라 하면 난감하다.
섬 전체가 명승인데 그곳에서 무엇을 떼어내랴)

1

해질 무렵 옛 사봉(紗峰)[30]에 오르면
하늘은 붉은 외눈박이
바다는 황색비단
봉우리도, 바다도 모두 황금색 일색으로
붉은 맨살 드러내고 있다.
낮은 봉우리 망양정
넓은 바다가 한 눈에 들어오니
떠날 줄을 몰라라.

2

한라산 기슭은 철쭉, 진달래 만발하여
온통 붉은 천지인데
백록담은 고고히 백설의 천지
백설의 흰빛이 더 붉다.

얼음노인[31]이 사슴을 몰고 불쑥 나올 것 같다.

눈꽃들은 붉은 꽃들보다 정갈하다.

하늘에 가깝다하지만

소복 입은 여인의 한(恨)이 차다(寒).

29) 제주의 명인 매계(梅溪) 이한우(李漢雨 1818/1823~1881년)가 고른 '영주십경(瀛洲十景)'은 제주목사들의 팔경, 십경과 달리 제주도 전체의 경승지에 치우치지 않고 선정한 점에서도 뛰어나지만 무엇보다 그 '십경'을 10폭 병풍처럼 간결하면서도 상호 연관된 시로 그려낸 점이 압권이다. 숙종 때에 제주목사로 왔던 야계(冶溪) 이익태(李益泰, 1694년 도임)는 조천관(朝天館)·별방소(別防所)·성산(城山)·서귀소(西歸所)·백록담(白鹿潭)·영곡(靈谷)·천지연(天池淵)·산방(山房)·명월소(明月所)·취병담(翠屛潭)을 '제주십경(濟州十景)'으로 꼽은 바 있다. 그보다 조금 뒤에 제주목사로 왔던 병와(甁窩) 이형상(李衡祥, 1702년 도임)은 한라채운(漢拏彩雲)·화북재경(禾北霽景)·김녕촌수(金寧村樹)·평대저연(坪垈渚烟)·어등만범(魚燈晩帆)·우도서애(牛島曙靄)·조천춘랑(朝天春浪)·세화상월(細花霜月)을 제주의 팔경(八景)으로 꼽았다.

30) 제주특별자치도 제주시 탑동 서부두의 일몰을 사봉낙조라고 한다.

31) ≪장자≫의 〈막고야산의 신인(神人)〉에서 견오와 연숙의 대화 가운데에 막고야산의 신인이 등장한다. "막고야 산에 어떤 신인이 살았는데 살갗은 얼음이나 눈 같이 하얗고 처녀처럼 부드러웠소. 오곡을 먹지 않고 단전호흡(바람)을 하면서 이슬을 먹고 살고, 구름을 타고, 용을 부려서 사해 밖으로 노닌다는 것이었소. 정신을 집중하면 병해를 막고 해마다 곡식을 잘 익게 한다는 것이었소. 나는 도무지 미친 말 같아서 믿지 않았소."

제주(濟州) 해탈

존재는 흐드러지게 피어있었다.
나는 아무 일도 하지 않았다.
바라보는 것만으로도 좋았다.

새가 날면 새가 되고
바위가 있으면 바위가 되고
바다가 있으면 바다가 되었다.

존재하는 것은 내가 존재하는 것이 아니고
그대가 존재하는 것이었다.
사랑하는 이여! 지나가는 바람도 좋았다.

나는 어떤 것도 가르지 않았다.
그래서 다시 만날 이유도 없었다.
사랑하는 이여! 이승과 저승이 남이 아니었다.

3

새하곡

塞
下
曲

파주(坡州) 새하곡(塞下曲)

나의 적소(謫所)는 통일이다.
쫓겨나, 쫓겨나 끝내
하늘 안고 간 변두리
기도하는 사람들이 모인 곳
침묵하는 하늘이 되레 반가운 곳

나의 묘지는 통일동산이다.
죽어도, 죽어도 그리움이 남아
밤새 쌓아올린 돌탑 즐비한
능선 언저리 고인 슬픔
죽어도 후퇴하지 않을 마지노선

나의 적소(謫所)는 고향이다.
한강, 임진강 두 물이 만나는 교하(交河)
강인가, 바다인가! 경계에서
밀물 썰물 깊은 울음소리에
한탄강마저 따라 우는 곳

나의 안식은 통일동산이다.
딱따구리 쪼아대는 소리에
죽은 영혼들 살아나고
밀물 따라 들어온 금빛비늘 물고기

잠룡처럼 햇살을 받아 한 없이 빛나는 곳

결코 슬퍼할 수 없는 이곳
버릴 수 없는 곳
결코 강물이라고 할 수 없는 이곳
바다와 강물이 뒤섞인 곳
겨울철새들이 철조망을 쪼아대고 있네.

통일동산 살래길에 서서

통일동산 살래길, 처음엔
살래살래 엉덩이를 흔들며
편안히 둘러가는 둘레길인 줄 알았네.
어느 날 절박한 천명(天命)
살래, 죽을래?

살래길
살길 혹은 죽을 길……
산하(山河)는 통일 아니면 전쟁
오두산 통일전망대는
언제까지 통일을 전망만 할지.

살래길을 오가는 사람들의 수칙
인사하기, 배려하기
남북회담으로 오가는 대표들의 수칙
인사하기, 배려하기
서로의 아픈 데를 찌르지 말아야지.

못한 자식에게 못났다고 하면
계속 못난 짓만 하지.
칭찬은 고래도 춤추게 한다는데…
열심히 칭찬할 거리를 찾자.

때로는 상대를 염려해주고.

한강과 임진강이 만나는 소용돌이
살래, 죽을래
강물보다 못한 우리들
언제부턴가 교하(交河)는
쿵쿵거리는 소리를 내며 통일의 바다를 꿈꾸었네.
아, 강화(江華)엔 마니산 참성단이 있지…

월롱(月籠), 금릉(金陵), 금촌(金村)
그래 달을 따서 바구니에 넣은 심정으로 통일을 해야지.
그러면 금빛 병풍산을 두른 금빛마을이 되겠지.
아시아의 빛나는 황금시대 다시 펼쳐질 때
동이(東夷)의 후손, 다시 세계의 주인이 되리.

조선이 불쌍하여!

조선이 불쌍하여 흐느꼈네.
소리죽여, 한 없이 소리죽여
조선이 불쌍하여 통곡했네.
땅을 치며, 땅이 무슨 죄인인 것처럼
하늘은 땅을 왜 짓밟고 고통을 주느냐고
하늘에 원망하며 흐느꼈네.

동방 신선의 자손으로 태어나
드디어 하늘을 땅으로 끌어내려
땅이 하늘이 되고, 하늘이 땅이 되었네.
옛 평화가 그리워, 그리워
먼 산을 바라보지만
금수강산엔 도적들만 들끓고 있네.

평화의 땅, 불로초의 땅
인삼의 땅으로 이름은 자자하였지만
하얀 사지를 벌린 채
한 점 부끄러움이 없는 눈망울로
하늘을 쳐다보는 창녀의 몸부림
그래도 평화가 좋은가.

조선이 불쌍하여 다시

옛 산천을 돌아보았네.
산이란 산은 모두 쇠말뚝이요
강이란 강은 모두 피로 넘쳤네.
무명용사들의 아우성처럼
이 산 저산에 야생화만 흐드러지게 피었네.

신이 있다면 원귀들을 거두어
양지바른 곳에 묻고
"세계평화를 위해 이곳에 묻었나니!"
팻말이라도 하나 세워
오가는 길손의 따뜻한 눈길, 손길 받아
끝내 울음을 멈출 수 있다면…….

무엇이 그리도 잘났는가!

제 새끼, 제 계집도 거두지 못하는 주제에
무엇이 그리도 잘났는가.
제 땅, 제 집도 지키지 못하는 주제에
무엇이 그리도 잘났는가.

독립운동, 민족운동, 학생운동 하던 놈은
프롤레타리아, 마르크스 병에 걸리고
구미 유학하여 공부 좀 한 놈은
많이 마니(money) 돈신(神)에 걸렸네.

용케도 마지막까지 살아난 놈은
사대주의 덫에 걸려 오도 가도 못하네.
식민이 웬 말인가, 신탁이 웬 말인가
소리쳤어도, 아직 스스로 누구인지도 모르네.

어제는 신탁, 반탁
오늘은 친미, 반미
곧 죽어도 대한제국이라고 큰 소리쳤지만
독립문 건립조차도 식민지계략이었네.

사대냐, 식민이냐, 마르크스냐.
무엇이 그리도 잘났는지

정신 나간 연구원, 정신문화연구원
이름만 한국학중앙연구원이라고 개명했네.

이름만 바꾸면 팔자가 달라진다고
아침에는 이 이름
저녁에는 저 이름
거짓 정당을 닮아 간판만 바꾸고 호들갑이네.

누구나 제 잘못은 모르지

누구나 제 잘못은 모르지.
언제나 제가 뱉은 말은 제게 돌아오지.
축복은 축복으로, 저주는 저주로
열심히 말하지만 자기만 빠져있네.
자기를 볼 수 없는 눈의 비극일세.

세계는 세계
나는 나!
세계는 나
나는 세계!
우린 어딜 갔나.

누구나 제 얼굴은 못 보지.
언제나 남의 얼굴만 보고
제 얼굴을 상상하네.
거울을 보아도 뒷면을 볼 수 없네.
눈을 감아야 보이는 이 세상.

부활의 날에, 통일의 날에

1.

그날이 오면 그날이 오면
우리 모두 자나 깨나 바라는 그날이 오면
갈라진 형제의 몸이 한 몸이 되고
헤어진 강산이 한 몸이 되는 그날이 오면

우린 미쳐 거리로 뛰쳐나갈 테지요.
우린 얼싸안고 눈물범벅이 되겠지요.
우린 눈짓만으로도 행복할 테지요.
우린 천지신명에게 감사하겠지요.

형제가 원수가 되어 총부리를 겨누었던
부끄러움과 회한의 나날들, 묻어버리고
내사 마 기쁨을 죽도록 소리칠 테지요.
내사 마 영원한 조상처럼 의기양양할 테지요.

죽음으로 부활을 사고
분열로 통일을 산다면
우린 새싹처럼 솟아나 세계수 되어
지구를 푸르고 푸르게 물들이겠지요.

2.

역사의 한 장을 싹뚝 잘라 없애버릴 수 있다면
난 너를 버리고 싶다, 묻어버리고 싶다. 6.25여!
식민지보다 더한 아픔, 더한 치욕을
운명이었을지라도 돌아보고 싶지 않다.

제 몸을 갈라 죽음의 이별을 택하고
제 몸을 갈라 피의 눈물을 뿌리고 만 것을
살길이라고 택한 것이 죽음의 외통수
아, 생각하면 할수록 원통하고 분하구나.

미친 세월 지나 이제 사방을 둘러보니
원수가 원수가 아니었고, 폐허가 금수강산이었구나.
미쳤던 시간들일랑 저 침묵의 강물에 버리고
핏빛노을에 서서 부활의 날개 짓을 하자.

몇몇 당파꾼, 왕후장상에게 나라를 팔지 말자.
이른 봄 일제히 일어나 아우성치는 연두 빛 정령
평평히 누워 달리고 있는 대지의 아우름을 닮아
한 알, 한 알의 보리 이삭이 되자.

3.

분단이 있었기에 통일의 기쁨도 있었구나
이제 억울해 하지 말고, 억울한 영령 앞에
부끄러움에 가득 찬 손을 들어 부활하자
하얀 손수건을 펴 저마다 나래를 만들자

아직도 너 탓이고 네 탓이라면 너무 부끄럽다
갈라진 몸을 억센 동아줄로 겹겹이 둘러
하나의 몸뚱어리를 위해 노래하자
조상의 혼령 앞에 향을 피워 감사하자

예부터 하늘을 믿어온 낙천의 우리들
회한의 하늘을 걷어 신명으로 바꾸리
북만주를 호령하던 기상을 되찾아
오대양 육대주에 다시 깃발을 꽂으리

바람처럼 말을 몰며 큰 활로
태양을 맞추던 동이 배달민족
하얀 백지 위에 다시 붓을 들어
철철 넘치게 쓰리라, 새 웅비의 역사를

문득 차안(此岸)이 피안(彼岸)이네

파주 법흥리 통일동산 옆
유승앙브와즈 아파트, 레오나르도 다빈치가
잠들어 있는 섬의 이름을 딴 아파트
르네상스 예술 천재가 나를 불렀나.
설마 이름 하나를 미끼로
누가 나를 불렀나.
아니면 나를 쫓아냈나.
휴전선 문산 가는 길
오두산 통일전망대가 있는 마을
한강과 임진강이 만나는 교하(交河)
물은 바다처럼 넓은 데
소리는 들릴 듯 말듯 하네.
추방이 도리어 귀향이 된
알 수 없는 세상살이
어느 날 문득 여기에 와 있네.
꿈속에 본 듯한 정겨운 풍경들
아파트에서 내려다보면
나직한 붉은 벽돌집 듬성듬성 있고
초목은 푸르고, 하늘엔 하얀 뭉게구름
간간히 지나는 차 소리, 새 소리
베란다엔 막 핀 제라늄 붉은 꽃 세 송이
천, 지, 인이라고 불러보네.

저 멀리 임진강가 가없는 지평선
문득 죽음도 평안하다.
문득 차안(此岸)이 피안(彼岸)이네.

너의 속 그 어디에
— 오두산 통일전망대에서 2015년 1월 1일 —

너희 속 그 어디에
그런 분단 있었던가.
너희 속 그 어디에
붉은 질투와 푸른 절망이 있었던가.

참으로 모질고 모질다.
사방에 철책을 둘러친 몸뚱어리
무심코 60여년을 보냈으니
참으로 무정코나.

전망대에 올라
고향땅을 바라보는
선한, 슬픈 눈동자여
회한으로 사무치는 강물이여

오늘도 한강과 임진강은
서로 어울려
춤추고 바다로 나아가는데
바다로 나아가는데

저 물소리는
저 물소리는 강화를 돌아

참성단을 돌아
하늘로 오르겠지.

아름답고 선한 백성
너희 속 그 어디에
못남과 어리석음
분열의 씨앗이 있었던가.

총부리를 마주대고
피를 흘려
산천을 물들인
기억하고 싶지 않는 세월

슬프다. 아름다운 강산이여!
슬프다. 못난 자손이여!
슬프다. 우리 신세여!
언제 그 빚 탕감하리.

저 강물보다 못난 백성인가.
저 강물보다 못난 우리들인가.
저 강물보다 어리석은 백성인가.
저 강물보다 어리석은 우리들인가.

통일은 어디에 있나.
자유는 어디에 있나.
해탈은 어디에 있나.

해방은 어디에 있나.

선무당

머리는 밀어 장삼을 입었으니
누가 보아도 중이요
두루마기에 댓님을 매었으니
누가 보아도 선비라.
말을 할 때는 게거품을 물고
눈은 희번덕거리니
영락없는 무당이라.

머리엔 지푸라기만 잔뜩 들어
도대체 종잡을 수 없는 횡설수설만 한다.
공부는 사서삼경에 제자백가
불경성경에 노장자를 마쳤으니
시도 때도 없이 시부렁댄다.
온통 이름과 남의 말 뿐
제 말이 없네.

공든 탑이 무너졌네.
공든 탑이 무너졌네.
공자, 예수, 부처님 걸지 않고는
한 마디도 제 말을 못하니
공자귀신, 예수귀신, 부처귀신 들었네.
소를 찾아 헤매다 길을 잃었으니

이 집 저 집 문전걸식을 하네.

어디 부잣집 잔치 하는 곳 없나하고
문전에서 두리번거리고
어디 권문세가 상여 나가는 곳 없나하고
생쥐처럼 귀를 세운다.
밥 한 그릇 얻어먹고는 밥값 한다고
동네 아이들에게 장광설을 늘어놓는다.
아직 제 신을 세우지 못했으니 먼지만 일으키네.

사라지는 것들에 대하여

어둠을 점등하는 반딧불
하늘을 쓸어가는 별똥별
스치고 명멸하는 것들의 춤추는 매혹
사라지는 너희들이 있기에
생명의 약동함을 오늘에서 깨닫네.
사라지기에 더욱 빛나고
사라지기에 더욱 초월하는
빛의 어둠, 어둠의 빛
너희들에게 안녕이라고 말하고 싶다.

안녕은 이별이 아니기에
힘주어 말할 수 있다.
나의 자리를 대신할
무수한 너희 생명들
어찌 너희들을 사라지는 것이라고
감히 말할 수 있으랴.
하나의 몸으로 빛나고 공명하는
너를 베개 삼아
편안히 안식하련다.

슬픔이여!

슬픔이여!
지나가는 사물을 하나도 잡지 못 하는구나.
사물의 위에 밤새 덮인 흰 눈빛을 바라볼 뿐
멀리 떠오르는 태양을 멍하니 바라볼 뿐

슬픔이여!
사람들이 사는 모습을 멀리서 바라볼 뿐
어느 것에도 정을 붙이지 못하는구나.
오직 슬픔의 제 눈동자를 바라볼 뿐

슬픔이여!
순수란 결과적으로 얻어지는 것
순수란 끝내 스스로 소멸하는 것
아무런 말도 없이 사라지는 것

슬픔이여!
스스로를 바라보기 위해 태어난
눈동자처럼 눈물이 샘솟는다.
눈(雪)부신 아침 해를 바라보며

눈빛의 새가 지상을 차오르다

어느 덧 눈빛의 새가 지상을 차오르다.
눈물은 흘러내리고
가슴은 쓸어내리고
마음은 불새처럼 하늘로 치솟는다. 날개도 없이

멘델스존의 에스프레스의 음률이 오열을 가라앉힌다.
지나가는 음률이여!
그대만이 진정한 진리로다.
모든 것은 지나가는 것

슬픔은 지나가는 사물을 하나도 잡지 못 하는구나.
눈물 사이로 그저 흘겨볼 뿐
제 스스로도 잡지 못한다.
모든 것을 지나가게 내버려둔다.

(2014년 12월 3일 파주 유승앙브와즈 아파트에서)

대한민국이여, 안녕!

안녕, 대한민국이여! 안녕!
내 너희 민족에게 태어나서
이제 영원히 이별하련다.
아직 아무도 내가 누군지 모르지만
난 너희들 모두를 안다.
너희의 머리부터 발끝까지
악마와 천사까지도

바람같이 왔다가
달빛처럼 사라져
언젠가 어느 길고 긴 여행의 길목에서
햇빛으로 빛날 테지.
그때가 되어도 너희는 모르리라.
결코 알 수 없는 나의 정체여!
모르기 때문에 아름다운 정체여!

지금 없는 것은 없는 것이다.
모든 것은 사라진다. 그러기에
지금 없는 것은 없다. 어떤 우상도
부처님, 예수님, 공자님······
어떤 우상도 스스로를 감춘
껍데기에 불과한 것을

성인들도 싫어할 테지.

안녕이랄 것도 없는 이별을 위해
만물생명의 소리와 파동의 계곡에 숨어
난 너와의 인연을 생각한다.
돌이켜 생각하면 난 너밖에 사랑한 것이 없다.
다른 어떤 사랑도 너를 만나기 위한 전주곡
지금 생각하면 난 너밖에 이별할 것이 없다.
다른 어떤 이별도 너를 이별하기 위한 간주곡

수많은 책들과 시편들
사라지고 말 사물들의 흔적이여
돌이켜 생각하면 난 너밖에 사물이 없다.
말이 사물이 되어올 때
자궁에서부터 기도하고 애태웠지.
지금 생각하면 모두 너에게 돌려주어야 할 것들.
본래 너의 것이었으니까.

이별은 이별이 아니다.
모두 본래 제자리에 있던 것들
미동도 하지 않고, 사물의 운동 뒤에 숨어서
숨만을 쉬고 있었지. 만물생명의 숨을
그때그때 우린 이미 이별을 다했던 것을
새삼스럽게 슬픈 까닭은 무엇인가.
기쁨을 짐짓 감추기 위한 몸짓인가.

안녕, 대한민국이여! 안녕!
내 너희 민족에게 태어나서
세계로 돌아가련다.
삼라만상으로 돌아가서 너를 보련다.
나는 너, 나와 너는 우리
우리는 만물생명, 본래 생명인 것을
죽음도 없는 나아가는 세계여!

어둠의 촛불 같은 세월
— 서울언론인 클럽 창립 30주년을 기념하며 —

무정한 세월의 격류 속에
꺼질듯, 꺼질듯
굳건히 살아남은 그루터기 하나

가만히 가까이 가 보니
까만 어둠 속에
제 몸을 태우며 흔들거리는 촛불일세.

그 옛날 어느 청렴한 선비가
오늘을 걱정하여 세운 서울언론인 클럽
순교자는 아닐지라도

한 걸음 한 걸음 정도(正道)를 나아간
뭇 걸음들의 발자국 소리
그 발자국 끊어지지 않으리.

촛불은 어둠과 함께 하는 불이다.
촛불은 바람과 함께 하는 빛이다.
전광석화 같은 세월에 어리석음을 고수하는

정론직필이여!
붓이여, 꺾이지 마라.

166

소리여, 민생을 외면하지 마라.

30년, 아니 300년이라도 모자랄
우리들의 삶, 우리들의 꿈
촛불은 제 몸을 태우는 불이다, 빛이다.

생명은 잡을 수 없는 것

생명은 잡을 수 없는 것
잡을 수 없기에 생명인 것
생명은 시간이 없는 것
시작도 끝도 없는 것
생명은 공간이 없는 것
선후상하좌우안팎이 없는 것
그래서 생명인 것

생명은 그냥 물려받는 것
물려받음으로써 살아가는 것
생명은 생각 이전의 것
생명은 태어남 이전의 것
내가 아버지, 어머니를 선택할 수 없었듯이
아들딸, 손자손녀도 나를 선택할 수 없는
그런 선택할 수 없는 것

선택할 수 없기에 더욱 고귀한 것
숙명처럼 다가와
나보다 먼저 나를 있게 한
나보다 후에 다가와
다시 나를 있게 하는 태초와 종말
명멸하는 대행진, 업보처럼 이어져
시작도 끝도 없네.

반골(叛骨)

스스로 절망을 사는
혈기
스스로 슬픔을 사는
살점
지나가는 바람결에도
저항의 소리를 듣는
뱃살
치솟아 오르는 흙덩이
백합의 나부끼는 꽃잎

스스로를 위로하는
너의 이름은
하늘의 전지전능한 신마저도 포기한
반골
지나가는 바람결에도 일어서는 풀잎의
외침
가장 낮은 곳으로 임하는
슬픈 몸부림의
상승.

그대 어떤 모습이라도 좋아

그대 어떤 모습이라도 좋아
그대 살아있으니까
그러면 되었지
무얼 더 바래.

그대 어떤 모습이라도 좋아
병상에서 밤을 지새워도
이별할 걸 생각하면
무얼 더 바래.

그대 어떤 모습이라도 좋아
미움이 하늘을 치솟아도
죽음 앞에 부질없는 걸 생각하면
무얼 더 바래.

그대 어떤 모습이라도 좋아
비천한 자리에 있을지라도
신들보다 더 높은 자리에 있네.
무얼 더 바래.

가난한 눈빛으로 산보하고
뻔히 아는 삶의 모습으로

어느 덧 오누이처럼 살아도
무얼 더 바래.

언젠가 떠나가겠지.
난 그때, 울지 않을 거야.
바람으로 되살아나고
꽃잎으로 다시 피겠지, 그대는.

난 오랫동안 눈물을 잊어버렸지

난 오랫동안 눈물을 잊어버렸지.
언제부터인지 몰라도
사막에서 낙타처럼
잊어버렸지, 잃어버렸지.

세상의 우여곡절에
사자처럼 변해버린 동안
눈물은 없었다.
야수도 흘리는 눈물을

눈물을 흘리면 이렇게 시원한 줄 몰랐다.
눈물을 흘리면 이렇게 넘치는 줄 몰랐다.
삶의 넘침을 위해 찾고 찾았던
내 마음 속 깊은 샘

그 샘물 넘쳐흐르는 날
되찾은 나의 눈물
눈물에 가려 세상은 흐릿해져도
흐릿한 모습이 정녕 아름다운

눈물 흘리는 날이여
눈물 되찾은 날이여

하늘을 향한 기도
가난한 자의 기도이어라.

난, 어둠이어라

어둠이어라.
실오라기 햇살에도 깜짝 놀라는
난, 어둠이어라.
깨달음, 누구의 침묵이든가.
언제부턴가 어둠이 편해진 장님
별빛의 명멸하는 풍경소리를 들으며
조그마한 사원(寺院)이 되노라.
그 속에 빛은 미소로 자리 잡아
이름 모를 부처로 앉았네.
미소의 빛, 누구의 말이든가.
침묵의 추녀 끝에 매달린 소리들의 빛남
온 누리 파동으로 파도치는 햇살, 아니 미소
어둠인 채로 은하수에 매달린 어머니!
그대 부름에 더욱 놀라는
난, 어둠이어라.

매 순간 이별하는 것들

매 순간 이별하는 것들
아름다워라.
집 앞에 천연스레 피어있는 민들레
어제처럼 지나가는 한줄기 바람
모두가 하나 되어 스쳐 지나가네.
이름도 없이, 아쉬움도 없이

매 순간 이별하기에
아름다운 것들
둥둥 떠가는 구름, 쏟아지는 햇살
누가 불러주지 않아도 저마다
열심히 어디론가 나아가네.
흘러가는 것이 이름인 것들

이별은 아름다움의 결실
그리움은 아름다움의 시작
음악처럼 으레 춤추는 세상
얼마나 많이 그리고 지웠던가.
이별조차 떠나보내기에
더욱 아름다운 세상

별들이 아닐지라도

돌멩이, 들꽃, 산새, 연두 빛 숲
어떤 것들도 하나같이 빛나는
아름다운 가족
어느 가족으로 만날지라도
우린 스스로 빛나리라.

눈물의 바다이어라

슬픔에
먼 산을 바라다본다.
산이 눈물로 흘러내린다.

슬픔에
먼 바다를 바라다본다.
수평선은 방울방울로 달아난다.

슬픔에
섬 하나 둘
물결 따라 일렁인다.

섬 사이를 노 젓는 나그네
차마 노래하지 못하고
목매여 흐느낀다.

눈물이 바다이어라.
제 곡조도 없는
물결의 출렁임 같은 시여.

먼 후일을 미리 슬퍼하여

먼 후일을 미리 슬퍼하네.
언제일지도 모르는 그날
인류 멸종의 날을 미리 슬퍼하네.
피할 수 없는 그날

누구의 잘못도 아니지.
존재의 숙명, 그런 것이지.
욕망의 끝, 아니면 기쁨의 끝이지.
존재의 오르내림, 빛과 어둠이지.

따지고 보면 슬퍼하지도 않을 일
존재는 그런 것이지.
보이지 않는 것에서 보이는 것으로
들리는 것에서 들리지 않는 것으로

다시 생명은 움트겠지.
우주의 새싹, 어린아이의 손
봄의 빛깔, 여름의 함성
가을의 절정, 겨울의 동면

슬픔은 슬픔은 아니지.
어떤 존재도 들어가 있는 존재

어떤 존재도 들어갈 수 없는 존재
인간의 밖에 있는 것. 모두 안에 있지.

어머니, 어머니 덕분에

어머니, 어머니 덕분에
제가 있어요.
세계가 이어지고 있어요.
찢기고 헤어져도
그대 육신의 이어짐으로
세계는 이어지고 있어요.

어머니, 어머니 덕분에
제가 있어요.
그대 이름이 없어도
그대 사랑과 낳아주심으로
세계는 이어지고 있어요.
세계는 그라운드 위에 있어요.

어머니, 어머니 덕분에
우리는 아직 숨을 쉬고 있어요.
지구는 아직 숨을 쉬고 있어요.
그대 없으면, 그대 없으면
세계는 문을 닫을 것입니다.
어머니 속으로 숨어 버렸으니까요.

난 외롭지 않네

난 신이 없어도 외롭지 않네.
적어도 나는 신과 같이 태어났기에
적어도 나는 신과 함께 죽을 수 있기에
외롭지 않네.

신을 볼모로 잡은 사내는
처음으로 고독이라는 기쁨과 광채에 떨었다.
그렇다. 남 보기에는 처절한 죽음도
진정 외롭지 않다네.

오직 그만의 죽음
오직 그 같은 죽음
오직 그만의 삶
오직 그 같은 삶

지금 내 눈으로 보는 어떤 것과도
다르지 않는 세계여!
지금 내 눈에 보이지 않는 어떤 것과도
교감할 수 있는 세계여!

난 외롭지 않다네.
그 때도 있었고, 그 날도 있을 것일 뿐

죽음이라는 것이 무언가
묻고 싶네. 친구야

홀로 솟구쳐도 외롭지 않네.
외돌개처럼
푸른 파도와 싸우며
스스로를 조탁하는 돌이여

그녀는 발뒤꿈치로 걸었다.

그녀는 발뒤꿈치로 걸었다.
엉덩이를 살랑살랑 흔들며 춤추듯이 걸었다.
동물의 향수를 불러일으키는 그녀.
공작이나 타조의 걸음을 연상 시켰다.

그녀는 항상 안에서 울었다.
안에서 전해오는 율동과 소리에 귀를 기울였다.
그녀는 항상 후위(後位)에 있었다.
남자의 얼굴과 이름은 결코 묻지 않았다.

그녀는 항상 웃었다.
그 흔들리는 꼬리에는
옛 동물들이나 새들의 추억이 있는 듯했다.
몸의 정령을 빼앗기지 않으려는 방어본능

그녀는 혼돈을 즐겼다.
그녀는 혼돈 속에서 빗방울을 즐겼다.
쏟아지는 빛조차 비처럼 즐겼다.
강물처럼 도시를 흐르는 그녀를 잊을 수 없다.

난장 가수

다리가 땅 속에 들어가 있는 듯한
그녀, 무대에서
소리를 질렀다.
소리를 질러야 다가오는 하늘
소리를 질어야 닿을 것 같은 하늘
그래서 질러댔다.
어느 날 질러대는 소리가 노래가 되었다.

발은 항상 지옥에 있는 듯한 겸손한
그녀, 불러달라고 했다.
사랑해 달라고 했다.
작달막한 키가 노래만 부르면
쑥쑥 자라 거인이 되는 그녀
그래서 질러댔다.
내 가슴에 난장(亂場)을 쳤다.

있다는 것에 대한 명상

시간도 기억입니다.
언제 시간이 있었습니까?
사람이 무엇을 재려고 만든 것이지요.
언제 내가 있었습니까?
무엇을 말하려고 하다 보니
내가 있게 된 것이지요.

도대체 어디에 있다는 것입니까?
흘러가는 것에, 아니면 소리 나는 것에!
희망이라는 것도 미래에 대한 기억입니다.
역사는 시간에 속을 수밖에 없습니다.
왜? 역사이니까요.
나는 나에게 속을 수밖에 없습니다.
나니까요.

나의 밖이라고 생각한 것도 나니까요.
나의 안이라고 생각한 것도 나니까요.
괜히 안과 밖을 구분한 것이지요.
괜히 나와 세상을 구분한 것이지요.
나는 아무 것도 말할 수 없습니다.
단지 열심히 살았다는 말밖에!

숨바꼭질

그는 없기에 있었네.
그는 있기에 없었네.
숨어서 달아나고
때론 놀래 키려는 듯 갑자기
야옹! 하고 책상 서랍에서 뛰쳐나오고
깊은 해저 골짜기에서
우르릉 쾅쾅! 용솟음쳤네.

끝없이 열리고 닫히는 문틈 사이로
때론 햇볕이 또아리를 틀고
어디선가 들려오는 목동의 피리 소리
아! 어디 있느뇨? 그대여!
내 떨고 있는 영혼을 감싸줄
큰 가슴과 깊은 계곡을 가진 여신이여!
너를 먹고 싶다.
다시 달아나지 못하게 내 피가 되고 살이 되게

소리의 용녀여!
일찍이 나는 너의 아들이었다.
이제 아들로서는 너무 세상이 힘들고 슬퍼
그대 자궁으로 돌아가고 싶다.
돌아가게 해다오, 소리여! 소리여!

차라리 그대 용암과 불물이 그립다.
원시반본 앞에서 처절히 서 있는 예수여!

누구도 알아볼 수 없기에
결코 나타나지 않을 예수여!
시작도 끝도 없는
영원의 순간이여!
영혼의 순환이여!
마지막으로 너의 이름을 부르고 싶다.
누구나 한 사람의 이름을 부르며 죽기에
누구나 한 사람의 이름을 꽃으로 붙들고 이별하기에
너의 울림을 듣고 싶다.

날마다 시작이고

매 시각 시작이고 매 시각 끝이거늘
날마다 여명이고 날마다 석양이거늘
사람들은 왜 그 때가 되어야
시작이고 끝이라 하고
여명이고 석양이라 하는가.

해마다 태어나고 해마다 죽건만
저마다 태어나고 저마다 죽건만
사람들은 왜 그 때가 되어야
태어났다고 하고
죽었다고 하는가.

아서라
태어남도 죽음도 없다.
다 무식한 소치인 것이라.
그저 돌고 돌았을 뿐
너 나 없이 돌고 돌았을 뿐

달빛에 젖어

1

어제 밤 꿈에
차호(茶壺) 속 고차수(古茶樹)³²⁾ 한 그루
사방 둘레는 희미한 달무리
자욱한 새순은 은빛으로 반짝이네.
차가 목말라 내려온 월령(月靈)인가.

지리산 형제봉, 달빛 홍수는
동정호에 작열하고
섬진강 물 흐르는 소리 따라
밤새 차를 따르는 벗들이여!
들은 악양(岳陽)들, 풍년을 약속하누나.

아름 들이 고차수
가지 벌 때마다 숲은 넓어져 나눔은 커가네.
차선(茶仙)이 살았다는 동천(洞天)은 어디인가
차에 취해, 달빛에 취해
아, 이슥토록 찻물 떨어지는 소리

2

아해야, 가자, 가자, 악양 가자.
은하수 타고, 섬진강에 다시 배 띄워
달빛을 먹고, 달빛을 먹고
다신(茶神)이 오르면 동정호 한 바퀴 돌자꾸나.
소상팔경 부럽지 않네.

예부터 볕 좋고 인심 좋은 악양 마을
평사리(平沙里) 모래벌 항하사수(恒河沙數) 다투누나.
우린 잠시 모래언덕으로 누워있네.
이골 저골 수줍은 진달래 따다
찻물에 띄워 정처 없는 항해나 해볼까나.

날은 언제나 좋은 날
아해야, 밤새워 감로수 먹으리라.
그리고 새벽에 푸른 청람을 보리라.
의로운 차인 있어 밤새워 다담(茶談)하면
마음은 미리 기러기 되어 창공을 가르네.

---

32) 고차수(古茶樹)는 옛 차나무라는 뜻도 있지만, 차원 높은 하늘의 이상에 도달한다는 의미의
고차수(高次數)라는 의미와 하늘과 소통하는 우주목(宇宙木), 신목(神木)이라는 의미도 동시에
있다.

피로써 숫돌을 간다

― 대한언론인회 회보 재 창간 의지를 축하하며 ―

1

누가 말했던가, 펜은 역사라고.
한 땀, 한 땀 끝없이 이어지는 글들이
강을 이루고, 목마름을 축이고, 나라를 지킨다면
펜이여! 다시 피로써 글을 써도 좋으리.

지금 우린, 왼 종일 지푸라기 같이 떠들고
수많은 신문 책들을 쏟아내도 공허할 뿐.
우리 역사의 몸속을 관통한 글은 어디에도 없고,
어지러운 세상먼지에 하늘을 응시할 뿐.

잘난 사람 많았는데 분단은 왜 되었는가.
잘난 언론학자들 많은데 왜 우리글을 못 쓰는가.
해방분단 70년이 넘었어도 통일은 고사하고
망국의 당쟁(黨爭) 오늘에도 보는구나.

에비어미는 그래도
종은 아니었다.
별을 보며 밭 갈고 논 갈았어도
종은 아니었다. 남부럽지 않았다.

먹어도, 먹어도 걸신들린 우리는
어쩌다 청춘에 자신을 타살하고
에비어미가 자식 죽이고
자식이 에비어미 죽이는 나라가 되었는가.

2

천지의 주인이었을 때를 생각한다.
때로는 가난할 줄도 아는
때로는 낙향할 줄도 아는
대쪽 같은 선비의 푸른 정신이 흘러넘쳤던 그때를!

나라는 어디 갔느냐.
선비들은 어디 갔느냐.
국가안위노심초사(國家安危勞心焦思)는 어디 갔느냐.
시일야방성대곡(是日也放聲大哭)은 어디 갔느냐.

자유가 평등을, 평등이 자유를 갈라놓고
'문민(文民)'이 국민을 갈라놓고
'국민(國民)'이 국민을 갈라놓고
그 사이 주변 나라들이 노략질을 하였구나.

에비 어미는 그래도
종은 아니었다.
분노의 아들딸들아

어느 나라의 종인가

다시 펜을 잡으며
비록 칼처럼 붓을 쓰지는 못해도
피로써 글 쓸 숫돌을 간다.
피로써 글 쓸 숫돌을 간다.

황홀한 비어 있음을 위하여

황홀한 비어 있음을 위하여
내가 지금 할 것은 아무 것도 없습니다.
다만 기뻐하든가, 슬퍼할 밖에
황홀한 비어 있음을 위하여 지금
내겐 어떤 준비도 없습니다.

높은 공중의 새가 날개 짓을 하지 않듯
그렇게 정오에서 내려다 볼 수밖에
수평의 모든 곳에서 일출이 일어나듯
지평의 모든 곳에서 일몰이 일어나듯
내겐 어떤 준비도 없습니다.

황홀함을 위해, 비상을 하든가
황홀함을 위해, 낙하를 하든가 무슨 소용입니까.
가장 쓸모없는 것이 가장 쓸모 있는 자의 머리에
가장 귀한 것이 가장 천한 자의 발끝에 있다면
이보다 더한 황홀은 없겠지요.

신은 때때로 아무 것도 못하게 합니다.
그저 바라볼 뿐, 바라보는 곳에서
그 옛날 장미를 추억하게 하든가
아침에 막 핀 작약을 느끼게 합니다.
꽃들에게 이슬이 송골송골 맺히게 합니다.

194

빛과 그림자의 사이에서

나는 나의 존재를 알 수 없습니다.
다만 홀연히 빛이 들 때 느낍니다.
나는 나의 존재를 알 수 없습니다.
다만 어디선가 그림자 질 때 느낍니다.
언제나 사이(間)에서 느끼는 것이지요.

내 존재는 없습니다.
다만 사이에서, 사이만 있는 것이지요.
그렇습니다. 없는 것이 차라리 마음 편합니다.
없기 때문에 저마다 있는 것들이 되기 위해
들꽃들이, 불꽃들이 아우성치는 것이지요.

내 존재는 없습니다.
그렇기에 하늘과 땅이라는 것이 거리도 없이
달려오고 달아나고 하는 것이지요.
만약 이름 없는 꽃 한 송이 하느님처럼 피면
이름은 몰라도 느낄 것입니다.

나는 나의 존재를 알 수 없습니다.
다만 다른 수많은 이름들을 들먹이며
나를 노래하고자 합니다.
길고 긴, 멀고 먼 빛과 그림자 사이에서
오직 당신을 느끼고자 투명하려고 합니다.

어머니, 어둠은 항상 빛을

어머니, 어둠은 항상 빛을 떠올립니다.
좁은 협곡에서 한 줄기 빛을 떠올립니다.
만약 광활한 빛 사이에서
어둠이 스스로의 모포자락을 펼쳐
우리의 나이를 게걸스럽게 먹어버린다면
그 빛이 무슨 소용입니까.

어둠의 어머니!
그대의 고통이 헛되지 않기 위해
지금 빛과 어둠 사이에서
빛이 되고자 몸부림칩니다.
어둠이 결코 어둠이 아니며
빛이 결코 빛이 아니라는 것을 안다고 해도

우린, 철저히 그것을 느낄 것입니다.
책갈피를 한 장 한 장 넘기듯 세월을 말입니다.
삶은 언제나 백척간두
선사(禪師)가 아니어도 그렇습니다.
본래 없던 존재를 살아가는 것이 그리 쉽기야 하겠습니까.
어머니, 그렇지요.

우린 때때로, 삶의 바쁜 와중에서

최초의 원인이 된 그대를 떠올립니다.
그래서 부끄럽지 않은 결과를 꿈꿉니다.
그대는 스스로 결과가 되도록 버려둡니다.
그런 방치는 자유라는 이름으로 어떤 패잔병을 만듭니다.
어머니, 그렇지요.

시를 쓸 때 가장 행복합니다

시를 쓸 때 가장 행복합니다.
누구에게나 하나쯤 그런 것이 있겠지요.
원인 모를 슬픔에 터덜터덜 걸어갈 때
불현 듯 흘러가는 멜로디 하나 있다면
그것 하나로 홀려버리겠지요.

시를 쓸 때 가장 행복합니다.
누구나 그런 시를 한 편쯤 가지고 있겠지요.
행복해서 쓰는 것이 아니라
쓰기 때문에 행복한 그런 것
인생이 단 한 편의 시라고 해도

인생이 단 한편의 무명의 시라고 해도
역시 마찬가지입니다.
시를 잘 쓴다고 뽐내는 어리석음을
우린 조심합니다.
그래서 기도하듯 노래합니다.

그러나 시마저 힘 있는 자를 따라
늙은 기생이 되어 어느 술상의 모서리에
구슬프게 앉아있다면
그 때는 더 이상 시를 쓰지 않겠습니다.
그 때는 차라리 죽어서 통곡할 것입니다.

네가 좌파면

네가 좌파면
나는 우파이다.
네가 우파면
나는 좌파이다.
말로서 하는 좌우파는
말하지 않는 중심보다 못하네.
중심은 언제나 없는 것이네.
그래서 중심이라네.

인간의 머리는 어디까지 가는가?

도대체 인간의 머리는 어디까지 가는가?
"가기는 어딜 가? 제 자리에 있지!"
도대체 인간의 세계는 어디까지인가?
"바로 여기, 숨 쉬는 세계이지"
도대체 인간의 발은 어디까지 가는가?
"본래 별에 있지. 가도 가도 별이네."

메시아는 힘이 없기 때문에

메시아는 힘이 없기 때문에
힘이 없기 때문에
메시아입니다.

사람들은 메시아가 힘이 있기 때문에
메시아라고 믿을 것이지만
메시아는 아무 힘이 없습니다.

힘은 여러분에게 있습니다.
하나님은 아무 일도 할 수 없습니다.
여러분이 아니면

하나님은 아무 것도 가지지 않고 있습니다.
여러분이 없으면
그래서 가난한 자의 벗입니다.

하나님은 여러분의 노예입니다.
하나님은 여러분의 주인이 아닙니다.
그래서 하나님은 해방의 날을 위해

여러분을 기다리고 있습니다.
하나님은 여러분이 가지려고 하면 없습니다.
하나님은 아무 것도 아닌 그런 존재입니다.

넌 오래 전에 미쳤다

넌 오래 전에 미쳤다. 악령에 신들린
발걸음으로 북으로, 북으로 갔다.
너의 하얀 처녀성은 오늘도 피를 흘린다.
배반과 불임의 검푸른 피를
몸뚱어리부터 섞고 지랄 발광하더니
아직도 사랑이라고, 사랑이라고 울부짖는구나.
'민족' '통일' 깃발 들고 백두산 만경대 찾더니
핵 몽둥이 과시에 왜, 꿀 먹은 벙어리
하도 몽둥이가 기가 막혀 벙어리인가
그 몽둥이가 내 몽둥이라서 감격한 것인가

난 오래 전에 울었다. 떠도는 젊은 영혼 때문에
미친 시인들이여, 깃발 들고 꽹과리 치더라도
창녀처럼 굴지 말고 여신처럼 위엄을 보이라.
조폭 마누라처럼 주인행세라도 해야지.
씨암탉 같은 하얀 몸 내주고 무슨 잠꼬대냐.
한 몸이면 좋지, 누가 뭐라 하나.
이부자리에서 태평성대 속삭이더니
돌연 핵 몽둥이 들고 잡으려드네.
무정부주의자의 불쌍한 아들딸들아
처녀를 버리는 것이 그렇게도 급했나.

거리를 떠도는 혁명과 통일의 사생아들
어버이 찾아 만수산 드렁 칡이 얽혀지겠지.
언젠간 또 하나의 노벨상을 타겠지.
민족팔고 나라 팔면 타긴 타겠지.
광신도들처럼 제물에 클라이맥스에 도달하겠지.
만수대 고향집에서 넙죽넙죽 절하더니
눈도장 찍고 몸도장 찍었나 봐.
우린 오래 전에 이미 바람난 만신창이
북으로 북으로 피난 행렬 가듯이 갔네.
세계지도에 이렇게 아리송한 나라가 있을까.

하필이면 세종대왕이 한글 내놓은
560회 한글날, 아침에 배달된 신문에
'북한 핵실험 실시, 함북 길주'
처참한 일제 식민에도 나라를 지킨 한글
과연 지금 핵폭탄이 한글 될까.
대왕이시여, 핵폭탄이 한글 될까요.
말하소서. 민족의 지혜여, 천지신명이여!
전쟁, 전쟁 무섭다더니 전쟁 하지 않고도
제자리에서 오금도 못 펴게 되었네.
평화통일 잘 되게 생겼네. 철부지 아들딸들아!

귀신놀음

사람들은 저마다
자기 몸에 있는 신은 버려두고
남의 몸에 있는 귀신놀음에 빠졌다.
왜놈귀신
독재귀신
민주귀신
사람들은
권좌에서 물러만 나면
곧 바로 귀신이 되는
놀이를 했다.
사물만 보면 귀신을 붙이고
사물만 보면 귀신을 불렀다.
그러니 온통 귀신천지
사물은 자기 몸으로 여기면
바로 신이 되는데도
사람들은 남의 몸에 귀신이 되고자 했다.
중심에만 서면
주인만 되면
바로 신이 되는데
사람들은 귀신이 되고자 혈안이 되었다.

부부(夫婦)

서로 아무 것도 모르고 만나서
물고 빨고 10년
으르렁되기 10년
사는 것이 싸우는 것인지
싸우는 것이 사는 것인지
10년, 또 10년 넘으니 뒤섞여
누가 누군지 모르겠네.
거울을 보며 서로
나는 너를
너는 나를
자기라고 우기네.
부부로 살다보면
저절로 지천명(知天命)하고
저절로 이순(耳順)되네
이제 여보! 라고 부르지 않아도
미리 알고 움직이네.
서로 따로 태어났다가
죽을 때는 함께 합장되네.

황금산

1

비 개인 황금산
저마다 환호하는 황금 이파리들
아카시아 향내에 열반이라도 한듯
빙그레 웃는 황금부처
멀리 금강, 태백에서 흘러온
한강을 옆구리에 끼고 이제 바다를 꿈꾸는가.

정상에 서면
산 첩첩(疊疊) 물 중중(重重)
북한산, 도봉산, 불암산, 수락산
예봉산, 운길산, 검단산, 아차산
팔당에서 하나 된 한강은
잠실까지 훤히 한 눈에 들어온다.

중심이 된 줄도 모르고
서울 변두리에 야트막하게 누운 산이여
누가 이름을 붙였는지 모르지만
서울의 산하는 그대 원주율 안에 있다.
옛 시인은 수종사 양수리를 동방 제 1경이라 하였건만
이제 지금동 황금산을 동방 제 1경이라 하리라.

너의 일출에 가슴을 열고
너의 일몰에 잠을 청하리라.
너의 새소리에 귀를 열고
너의 바람소리에 눈을 감으리라.
어쩌다 흘러온 곳이 머무름으로 다가오는
산이여! 강이여!

한강 제 1경은
누가 뭐래도 황금산 정상
높지도 않지만 시야가 넓어
팔당대교, 남양주대교, 강동대교, 천호대교
올림픽대교, 잠실철교, 잠실대교, 청담대교
다리 사이로 빛나는 파란 물결

수종사에서 양수리 바라보는 동방 제 1경
무색하다. 어찌 서울을 둘러싸고 흐르는
산과 강이 내 품에 속 들어왔나.
서울의 중심 되어 앉은 모습이
황금부처라 함이 옳다.
해오름과 해그름이 함께 하니 원융이로다.

2

부영 그린 아파트
지하철에서 내려 단지에 들어서면

청량음료 같은 맑은 공기
빵! 터지는 콧구멍 터널
저절로 심호흡을 하게 되는 허파
금강산, 설악산도 아닌데 공기가 달다!

부영 숲속 아파트
현관마다 원앙새 두 마리 마중하네.
단지 중앙엔 울창한 숲 사이 조깅트랙
외곽엔 한적한 산보터널
꽃내음, 새소리
미래의 시인, 철학자, 과학자 꿈틀대는 소리

솔가리 쌓인 오솔길에 아카시아 향기
황금산 정상에 오르면 멀리 팔당이
가슴을 있는 대로 활짝 펼치고 서 있네.
저 멀리 산들은 저마다 절을 하고
저 멀리 강들은 손짓하며 다가온다.
산과 강은 숨바꼭질 한다.

숲속 아파트
곳곳에 농구장, 배구장, 운동시설
정자와 벤치가 넉넉하네.
아침마다 황금산에 올라 태양을 보고
심호흡하고, 명상에 들면 황금부처 되네.
멀리 왕숙천의 물 빠지는 소리.

무명인(無名人) 용사

― 임진강 '북한군 중공군' 묘역에서 ―

1.

무엇을 위해 싸웠나.
한 줌의 흙을 위하여?
무명용사도 아닌
죽어서도 슬픈 죽음
구천을 떠돌며
을씨년스러운 이름을 하고 있네.
적의 땅, 검은 묘역에서

우리 미친 광풍이었네.
어느 모진 영웅을 위하여?
빛바랜 전쟁터에
봄바람 일렁이는 저녁
석양너머 까마귀 떼 날아간다.
높은 나무 가지엔 까치집 하나
묘역 이랑너머 제 이름 찾는 목소리.

2.

계절은 봄을 실어
잊혀 진 묘역에 누군가 씨 뿌리네.
회향하는 염불 따라
죽은 혼, 움 돋는 소리
슬퍼마라, 이제 이 묘역 따라
평화의 밭 갈고 농사지을 것이니.

그 때 일어나 웃어라.
한바탕 울음보라도 터뜨려보렴.
거슬러 올라가면 우리는 모두 형제
하늘은 울려서 한울님
땅은 땀을 흘려서 땅
사람은 사랑하라고 사람이라네.

3.

동족상잔도 모자라
무장공비사태까지
민족의 어리석음은 어디까지 가는가!
민족의 한풀이는 누구를 향하고 있는가!
이제 물러가라, 민족의 원귀들이여!
거짓부렁의 헛된 권력자들이여!

아서라, 부귀영화도 싫다.
풀잎과 흙으로 얽기 설기 이는 초가에
오순도순 눈빛 맞추며
된장국, 김치찌개 끓는 소리에
행복해하는 얼굴 보고 싶다.
어머니! 영원한 모국(母國)이 그립네.

해병을 아는가
― 해병대 신문 창간 축시 ―

6.25를 아는가, 그대는
월미도를 아는가, 그대는
그 때 적의 허리를 단숨에 꺾어
일거에 전세를 뒤집은 쾌거
인천상륙작전을 아는가.

해병은 거기에 있었나니
육군, 해군, 공군 어느 누구도 못한 일을
우리 해병은 했나니
9.28 수복 당시(9월 20일)
중앙청에 맨 먼저 태극기를 꽂은 해병을 아는가.

가장 작은 병력으로
가장 큰일을 해낸 해병
귀신 잡은 해병
무적의 해병
신화를 남긴 해병

하늘과 땅은 우리를 기다렸나니
육지와 바다에서 하늘에서 입체 작전을 펴는
수륙양용의 거대한 양서류를 하늘은 기다렸나니
물이면 물

묻이면 뭍, 겁낼 곳이 없도다.

투지와 열정과 충성
땀과 눈물과 인내는
우리의 영원한 양식
지옥주 마지막 훈련
한 번 해병은 영원한 해병
(Once a Marine, Always a Marine)

정복하지 못한 고지가 없고
사수하지 못한 진지가 없나니
우리의 앞에는
충성과 명예와 도전만이 있도다.
독수리 리본은 정의와 자유를 오늘도 펄럭인다.

하늘에는 별
바다에는 닻
땅에는 용맹한 독수리들
5천년 역사상 맨 처음 해외원정 태극기를 휘날린
해병 청룡부대를 아는가. 그대는

혼(魂)이 재가 되다
― 2008년 2월 10일 저녁 남대문이 불타 재가 되다 ―

하늘이시여, 무슨 죄가 많길래
해질녘 눈 뜨고 바라보는 앞에서
우리의 혼(魂)을 데려간단 말입니까.
스스로 낸 불로 재가 되다니!

어처구니없는 불놀이!
심중의 벼락! 벼락!
무너져 내리는 세상!
숭례(崇禮)의 광장은 지금 슬픔에 젖어 흐느낍니다.

우리에게 무슨 오만과 위선의 무리가 있어
이런 재앙을 주시나이까, 하늘이시여!
우리에게 무슨 불충과 불효가 있어
화신(火神)을 화마(火魔)로 돌변하였나이까, 하늘이시여!

아! 우린 이미 오래 전에 미쳤다.
욕망으로 인해 미쳤다.
질투로 인해 미쳤다.
그 불이 우리를 덮친 것이다.

가슴이 저려오고 식은땀이 난 것은
어제오늘의 일이 아닌데

끝내 그대마저 심중의 재가 됨은
무슨 변고의 징조란 말입니까.

이 무슨 졸부(猝富)와 화신(貨神)의 무례(無禮)란 말입니까!
이 무슨 경고(警告)와 역설(逆說)의 다비(茶毘)란 말입니까!
그대 뼈와 재를 수습하면서 흘리는
순례자(巡禮者)의 눈물을 바라보소서. 하늘이시여!

그대 영혼 앞에 올리는
이 부끄러운 한 잔의 차를 어여삐 보아주소서.
회한의 찻물은 눈물 되어
지금, 온몸을 흘러내려 적시고 있습니다.

발걸음을 부끄럽게 하는 뼈들이여, 재들이여!
어서 일어나 기둥 되고 서까래 되어주소서
절망의 끝에서 희망의 자락을 보여주소서.
무너져 내리는 마음의 푯대를 잡아주소서.

오만과 독선의 무리여, 물러가라.
위선과 불충의 무리여, 물러가라.
너의 절망을 모조리 사고 싶다.
주여! 잠시 꾸짖은 것이라 하옵소서.

가장 흔한 이름으로 노래 부를 때

가장 흔한 이름으로 노래 부를 때
너를 알 수 있다.
가장 천한 이름으로 노래 부를 때
너와 피가 통함을 느낄 수 있다.
아, 이렇게도 가까운 것이거늘
아, 이렇게도 쉬운 것이거늘
그렇게도 멀리, 어렵게
있었단 말인가.
내 너의 이름을 부르지 못할 때
알지 못했다.
고귀한 이름이여!
거룩한 이름이여!
사치스런 이름이여!
어찌 가면으로 그대 평범함을
감쪽같이 숨길 수 있단 말인가.
평범함이 그렇게도 소중하단 말인가.
평범함이 그렇게도 잃어버리기 쉽단 말인가.
평범함이 그렇게도 대단하단 말인가.
공기의 흐름처럼 내 곁을 떠도는 그대의 숨소리
별처럼 내 눈동자에 숨어 있는 그대의 눈동자
숨 막히는 죽음이 그리 거부할 것도 아님을
알려주는 그대의 매혹적인 향기, 그 파동을

내 어찌 잊을 것인가.
풀 냄새, 땀 냄새, 살 냄새
그 지독한 중독에 기뻐하네.
마약이 무섭다는 것을 그대 사랑을 통해 알았네.
가장 흔한 이름으로 다가온
그대여! 난 그대 이외의 어떠한
이름도 욕망도 잊어버렸네.

산문은 독재다

어떤 나라에선
산문은 무조건 독재다.
어떤 나라에선
산문은 무조건 종이다.
천사든
악마든
무조건 독재다. 종이다.
무릇 준비 없는 놈들이
준비되었다고 허풍을 떨지.
명문장일수록
속임수이다.
종들의 간사한 중얼거림이다.

어떤 나라에선
마구잡이 총을 쏘아대거나
마구잡이 말을 쏘아대거나
다를 바가 없다.
차라리 총은 솔직하기라도 하지.
말은 온통 거짓말투성이일 뿐
이런 나라에서
산문을 쓰는 자들은
자신도 모르게

독재를 옹호하는 자
이런 나라에서
산문을 쓰는 자들은
스스로 종임을 자처하는 자

미친개들에게 무슨 글을 준담
사람들은 지친 나머지
퇴근길에서 오직 복권판매소로
걸음을 옮긴다.
운 좋은 직장인이든
하릴없는 실업자든
자본주의의,
자유민주주의의 일원이 되기 위해
열심히 출퇴근을 한다.
어떤 나라에선
산문 자체가 저주이다.
오직 껍데기일 뿐이니까.
시의 나라에서
시는 구원인가
시는 저주인가
한 줄의 잊혀질 시를 쓰면서
한 줄의 이끼 낀 시에서 먼지 털면서
산문의 독재에 저항한다.
다시 산문을 쓰지 않겠노라고!

일렬종대로, 아니면

일렬횡대로 나아간다는 것은
술 취한 것보다 못난 짓
차라리 지그재그의 시를 쓸까?
요염한 눈웃음을 치거나
빵빵한 엉덩이를 살래살래 흔들든가
아니면 매끈한 다리를 꼬면서 걸어볼까
어느 곳에 액센트를 넣어 유혹할까?
독재, 독재 무섭다고 하지만
모방에서 싹을 피운 산문만큼
무서운 것은 없다.
이들은 미친놈들이다.
이들은 자기 입에 맞지 않으면 모두
휩쓸어버린다.
이들은 하나도 자기 것이 없다.
어젠가, 어디선가
본 것 같은 유령들일 뿐!

시에 취해

난 쓸쓸함을 메우기 위해
시를 쓰오.
난 버려 둔 천덕꾸러기가 불쌍해
시를 쓰오.
난 그래도 남은 놀라움을 잡아두기 위해
시를 쓰오.

내 몸의 어느 한 구석에 조만간 돌게 될
취기를 위해 난, 시를 쓰오.
아니, 무엇을 위해 시를 쓴다는 것은 거짓말이오.
단지 쓰고 싶어서 쓰는 허무맹랑한 행위
머지않아 휴지조각, 먼지터럭이 될
운명을 위해 난, 시를 쓰오.

그렇소, 다 거짓부렁이오.
나를 위하지 않는다면 어찌
팔리지도 않는
남들이 이해조차 하지 못하는 시를 쓰겠소.
버려진 시를 태연하게 장사지낼 배짱이 아니라면
어찌 시를 쓰겠소.

시란 무릇 태어나자 죽는 운명이오.

그러한 불꽃이 아니라면 왜 시를 쓰겠소.
살아가면서 물 같은 시를 쓰는 사람도 있지만
난, 내 몸을 태우며 날마다 살아가고 있다고 느끼오.
내 마지막 삶의 감촉을 위해
난, 시를 쓰오.

내 초라한 집, 비좁은 방
온 바닥과 천정
사방 벽에 내 비늘이 덕지덕지 붙어 있소.
발표도 안한 시들이 주렁주렁 매달려 있소.
그것이 생산인 줄도 모르고
그것이 죽음인 줄도 모르고 매달려 있소.

시에 취하면
적당히 과음해도 좋고
적당히 모자라도 좋소.
적당히 맹숭맹숭
머리를 긁적여도 넘어가기에
더욱 좋소.

이상한 직업

시가 직업이 되던 날
난 울었소.
사령장 없는 직업
출근 시간도 없고
퇴근 시간도 없는 직업
위, 아래도 없는 직업
책임 질 것도 없고
책임 지우는 것도 없는 직업
그런 애매모호함으로 인해
난 울었소.
그런 갈 곳 없는 자유 때문에
난 울었소.

공부가 직업이 되던 날
난 울었소.
먹을 것이 없어
굶주린 배를 움켜쥘 처자식을 버려두고
자신만을 위해 애고이스트가 되어버린
자신을 저주하며
낡아빠져 먼지 펄펄 날리는 책 더미
색 바랜 누런 안경
삐걱거리는 앉은뱅이 책상으로 인해

난 울었소.
그런 처참함 때문에
난 울었소.

세상은 온통 글자투성이

세상은 온통 글자투성이
글자로 오염된 생기 없는 나날
글자를 빼버리면 쓰러져 버릴 것 같은 세상
글자가 없던 시절, 사람들은 무엇으로 살았을까?
눈빛으로, 입김으로, 따뜻한 촉감으로?
아니면 무거운 사물을 옮기느라
땀을 뻘뻘 흘리면서 살았을까?
글자로 인해 한없이 경박해진 세상
애꿎은 이름자만 죽지 못해 떨고 있다.
이제 지울 때가 되었도다.
글자여! 이제 안식할 때가 되었도다.
오랜 장기집권에 사람들은 염증을 느끼도다.
글자여! 몽둥이로 쫓겨나기 전에
하야(下野)하라. 귀향(歸鄉)하라.
그렇지 않으면 네가 저지른 온갖 죄악에서
사면 받지 못하리라.
종신형에 처하리라.
살아남지 못하리라.

첫눈

첫눈은
해마다 내려도 첫눈이다.
천지를 온통 하얗게 덮으면서도
하나로 열어주는 때문인가.
아마도 태초에 이랬을 것이다.
하얀 옷을 입은 순수한 사물들은
찬미하는 그 발자국으로 인해 오염되었을 것이다.
지금 내가 너를 밟으면서 감탄하듯이.
첫 눈(雪)인가,
첫 눈(眼)인가,
첫 눈(眹)인가,
먼 하늘 눈발에 희미한 해 무리는
스스로 어두워짐으로 해서
하얀 너를 더욱 환하게 밝힌다.

첫사랑은
많은 사랑이 지나가도 첫사랑이다.
지나간 것이지만 그것은 언제나
새롭게 태어나기 때문인가.
아마도 처음에 이랬을 것이다.
발가벗은 알몸의 너와 나는
터질 듯한 그 성숙함으로 인해 넘쳤을 것이다.

지금 내가 너를 회상하면서 감탄하듯이.
첫 눈,
첫 사랑,
영원한 연인,
세월은 흘렀건만 첫 사랑의 해 무리는
스스로 빛나지 않음으로 해서
우리 사랑을 더욱 찬란하게 한다.

후회

돌아보고 싶지 않는데 돌아본다.
누구의 지시인가.
등 뒤에 아무 것도 보이지 않는데
자꾸 자꾸 돌아본다.
누구의 소리인가.
텅 빈 벌판
텅 빈 마음
달리던 말들은 괜히 멈춰 선다.
누구의 울음인가.
사방을 두리번거려도 오지 않는데
자꾸 자꾸 돌아본다.
누구의 외침인가.
바람 부는 마음
하얀 벌판
외롭고 후회스러워도
아무도 매달리지 않는다.

산수유 서정

나라는 망하였는데 산수유는 피었네.
산골초가 담장너머로 내민 해맑은 모습
송이송이 작지만 태연자약하네.
이제 진달래, 개나리, 목련도 따라 피겠지.
내 속에도 산수유 같은 것이 있을까.

나라는 망하였는데 산수유는 피었네.
요란법석을 떨던 나라는 간 곳이 없는데
처량한 신세라 얄밉기만 하네.
언제나 말없이 서 있던 네가
오늘따라 개선장군처럼 보이네.

독도(獨島)³³⁾

대륙의 꿈이 돌고 돌아 끝내
동해에 돌산으로 숨은 섬
바라볼 건 일출이요
들리는 건 파도와 괭이갈매기의 울음소리
깎아지른 암벽은 하늘을 치솟아 외로움을 내 품는데
그 틈새로 자주 빛 참나리 향을 품고 있다.
넌 대륙의 마지막 정절
일찍이 너같이 홀로 있다고 이름을 붙인
당돌한 섬은 없었다.
넌 우리 의지의 결정
목숨 걸고 절벽에서 꽃을 꺾어
수로부인(水路夫人)에게 바친 헌화가(獻花歌)의
옛 신선, 예 살아있구나.
이런 곳에 홀로 피는 꽃이나
그 꽃을 꺾어 바치는 마음이나
이런 곳에 홀로 박힌 몸뚱어리나
모두가 꽃이다.

동해 제일 끝에서 육중한 몸을 흔들어
맨 먼저 잠을 깨어 달려 나와
일출을 온 몸으로 받아 날마다 새롭게 피어나는
암청색 네 몸뚱어리

一浪 이종상 作 〈독도일출(獨島日出)〉, 1982, 화선지에 수묵 담채, 145×330cm
경향신문사 소장.

넌 우리의 수호신, 동해 용왕되어
나라를 지키고자 산골(散骨)한
문무대왕이 여기 나와 있구나.
홀로 있지만 그 속에 두 세계 감춘
동 섬, 서 섬, 암 바위, 수 바위
그대로 석화산(石花山)이로다.
육지로 육지로 달려와
바다와 하늘을 하나로 품는 네 모습 장하다.
해동성인(海東聖人)이로다.

33) 박정진 시인의 「독도」시비가 울릉도 독도박물관 경내에 2008년 9월 9일 세워졌다.

대모산(大母山)³⁴⁾

1.

대모산 꽃피면 내 마음 꽃피네.
대모산 눈 나리면 내 마음 눈 나리네.
내 아침은 너를 오르는 일
내 저녁은 너를 꿈꾸는 일
너와 더불어 늙어 가면
하나도 슬프지 않네.

벗이여! 풀 한 포기라도 밟지 마소.
벗이여! 꽃 한 송이라도 꺾지 마소.
그대로 우리 아히들에게 물려주어
날마다 오르고 또 오르세.
이보다 더한 유산 없으리.
이보다 더한 보람 없으리.

큰돈보다도
큰집보다도
우리 삶 온통 감싸주며
높지도 않고 낮지도 않게
평평히 누워있는 저 어머니!
천년만년 함께 하세.

여기 노래하는 사람
여기 기도하는 사람
약수 길러 오는 사람
말없이 산등성이 오르는 사람
언제나 꽃향기 새소리로
우리 영혼 씻어주네.

금강산(金剛山)아! 부럽지 않다.
지리산(智異山)아! 부럽지 않다.
일용할 양식처럼 우리 옆에 늘
적당하게 아름답고 적당하게 살찌고
적당한 거리에 있는 그대는
알토랑 아낙 같은 산

2.

대모산 가슴은 울 어머니 가슴
대모산 계곡은 울 어머니 계곡
물이란 물 모두 약수로 변해
무진장 흘러내리고
주말이면 시장서는 것 같은 산
옛약수터, 임록천, 옥수천

봄이면 진달래 붉어 설레고
산수유, 개나리, 은방울꽃

뻐꾸기, 딱따구리, 산까치
아카시아 향기 진동할 땐 옛 님을 그리고
밤꽃 향기 가득 찰 땐 길 떠난 낭군 그리네.
한여름 짙푸른 그늘 동네아낙들 낭랑한 목소리

가을이면 머리 위에 투닥투닥 떨어지는 밤송이
청설모와 다투며 알밤 줍는 아히들
단풍 사이로 불국사 염불소리 애잔할 즈음이면
어느 덧 골짜기마다 백설이 빛나네.
빛나는 하얀 등줄기 가쁜 숨으로 오르면
모든 욕망과 원한과 삶의 찌꺼기 저절로 토해지네.

손 내밀면 언제나 가까이서 손 잡아주고
하릴없어 오르면 이내 말동무되는 넌
우리의 수호천사
전날 술로 못다 달랜 시름을 마저 하게하고
새로운 마음으로 하루를 시작하게 하는 넌
보약 같은 산

눈감고도 갈 수 있는 산
눈감고도 더듬을 수 있는 산
언제나 옆에 있기에 무덤덤할 때도 있지만
있을 건 다 있고
볼 건 다 있다네.
그리고 책 읽는 사람도 있다네.

---

34) 박정진 시인의 「대모산」 시탑이 강남구청에 의해 대모산 중턱에 2002년 5월 13일 세워졌다.

▶ 저서(49권)

〈한국문화 심정문화〉(90년, 미래문화사)

〈무당시대의 문화무당〉(90년, 지식산업사)

〈사람이 되고자 하는 신들〉(90년, 문학아카데미)

〈한국문화와 예술인류학〉(92년, 미래문화사)

〈잃어버린 仙脈을 찾아서〉(92년, 일빛출판사)

〈선도와 증산교〉(92년, 일빛출판사)

〈천지인 사상으로 본—서울올림픽〉(92년, 아카데미서적)

〈아직도 사대주의에〉(94년, 전통문화연구회)

〈발가벗고 춤추는 기자〉(98년, 도서출판 화담)

〈어릿광대의 나라 한국〉(98년, 도서출판 화담)

〈단군은 이렇게 말했다〉(98년, 도서출판 화담)

〈생각을 벗어야 살맛이 난다〉(99년, 책섬)

〈여자의 아이를 키우는 남자〉(2000년, 불교춘추사)

〈도올 김용옥〉(전 2권)(2001년, 불교춘추사)

〈정범태(열화당 사진문고)〉(2003, 열화당)

〈붉은 악마와 한국문화〉(2004년, 세진사)

〈미친 시인의 사회, 죽은 귀신의 사회〉(2004년, 신세림)

〈대한민국, 지랄하고 놀고 자빠졌네〉(2005년 서울언론인클럽)

〈여자〉(2006년, 신세림)

〈불교인류학〉(2007년, 불교춘추사)

〈종교인류학〉(2007년, 불교춘추사)

〈玄妙經-女子〉(2007년, 신세림)

〈성(性)인류학〉(2010, 이담)

〈예술인류학, 예술의 인류학〉(2010, 이담)

〈예술인류학으로 본 풍류도〉(2010, 이담)

〈단군신화에 대한 신연구〉(2010, 한국학술정보)

〈굿으로 보는 백남준 비디오아트 읽기〉(2010, 한국학술정보)

〈박정희의 실상, 이영희의 허상〉(이담북스, 2011)

〈철학의 선물, 선물의 철학〉(2012, 소나무)

〈소리의 철학, 포노로지〉(2012, 소나무)

〈빛의 철학, 소리철학〉(2013, 소나무)

〈니체야 놀자〉(2013, 소나무)

〈일반성의 철학, 포노로지〉(2014, 소나무)

〈지구 어머니, 마고〉(2014, 마고북스)

〈니체, 동양에서 완성되다〉(2015, 소나무)

〈메시아는 더 이상 오지 않는다〉(2014, 미래문화사)

〈메시아는 더 이상 오지 않는다(개정증보판)〉(2016, 행복한에너지)

〈평화는 동방으로부터〉(2016, 행복한에너지)

〈평화의 여정으로 본 한국문화〉(2016, 행복한에너지)

〈다선(茶仙) 매월당(梅月堂)〉(2016, 차의 세계)

〈위대한 어머니는 이렇게 말했다〉(2017, 소나무)

〈여성과 평화〉(2017, 행복한에너지)

▶ 전자책(e-북) 저서

〈세습당골-명인, 명창, 명무〉(2000년, 바로북닷컴)

〈문화의 주체화와 세계화〉(2000년, 바로북닷컴)

〈문화의 세기, 문화전쟁〉(2000년, 바로북닷컴)

〈오래 사는 법, 죽지 않는 법〉(2000년, 바로북닷컴)

〈마키아벨리스트 박정희〉(2000년, 바로북닷컴)

〈붓을 칼처럼 쓰며〉(2000년, 바로북닷컴)

▶ 시집(11권, 1000여 편)

〈해원상생, 해원상생〉(90년, 지식산업사)
〈시를 파는 가게〉(94년, 고려원)
〈대모산〉(2004년, 신세림)
〈먼지, 아니 빛깔, 아니 허공〉(2004년, 신세림)
〈청계천〉(2004년, 신세림)
〈독도〉(2007년, 신세림)
〈한강교향시〉(2008년, 신세림)
〈거문도〉(2017, 신세림)
전자책(e-북) 시집:
한강은 바다다(2000년, 바로북닷컴)
바람난 꽃(2000년, 바로북닷컴)
앵무새 왕국(2000년, 바로북닷컴)

▶ 소설(7권)

〈왕과 건달〉(전 3권)(97년, 도서출판 화담)
〈창을 가진 여자〉(전 2권)(97년, 도서출판 화담)
전자책(e-북) 소설:
〈파리에서의 프리섹스〉(전 2권)(2001년, 바로북닷컴)

▶ 전자책(e-북) 아포리즘(36권)

〈생각하는 나무: 여성과 남성에 대한 명상〉등 명상집
(전 36권)(2000년, 바로북닷컴)

거문도 박정진 시집

초판인쇄 2017년 05월 10일 **초판발행** 2017년 05월 15일

지은이 **박정진**
펴낸이 **이혜숙** 펴낸곳 **신세림출판사**
등록일 1991년 12월 24일 제2-1298호

04559 서울특별시 중구 창경궁로 6, 702호(충무로5가, 부성빌딩)
전화 02-2264-1972 팩스 02-2264-1973
E-mail : shinselim72@hanmail.net

정가 15,000원

ISBN 978-89-5800-185-0, 03810